WHEN
I
MISS
YOU

當我想你時，全世界都救不了我

肆一 — 著

suncolor 三采文化

自序——

需要多勇敢，才能夠想你？

「需要多勇敢，才能夠想你？」那些無處可去的冀望與等候，隨著時間慢慢積累，最後都匯集成了名為「想念」的寄託，輕輕又重重地置放在自己心上的某一個角落。佔據著、咆哮著、蠢蠢欲動著，逮到機會就出來作祟。

「去想念一個人」其實是需要勇氣的一件事，每次的想念正巧都是再次確認了他的遠離，以及自己的不可得。原來想念是一種逃避的誠實，對於無法擁有的，唯一可以接近的方式。疼痛是無形的知覺，想念一個人也是，可卻是真真實實地存在身體裡頭，成了一種日常姿態，伴隨著你。

心裡有一個人，是「想念」的代名詞。

你們可能在一起過、沒在一起過、你明白說過、你從來沒表明過、他知道過、他從沒發現過……而到如今只剩下想念。你的心裡頭曾經住了這樣的一個人，默不出聲卻震耳欲聾、小心翼翼卻割捨不了，每當記憶起，就回到了當時的自己，而你有的，僅僅只是想念。能夠愛人是一種幸福，後來沒有你們的你，只剩下曾經。

我們都是帶著回憶一邊往前走。只是回憶不總是好的，想念也在其中，而有的想念會招惹你的眼淚。可是，正如許多毫無意義，最後都成了一種意義一樣，想念到了最後也可能成為一種風和日麗、成為一種對未來的祝福。這是本書想要說的事，去擁抱那個想念一個誰的自己，讓生活往下過、讓日子變得甜美。

這是我的第十一本書，謝謝始終支持著我的你、謝謝購買這本書的你。因為你們，我覺得自己可以繼續寫著那些我原以為沒有人懂的話語，謝謝你們收容了它們。希望這本書能夠給你些許安慰，還有溫柔，更重要的是溫柔，讓你得以在悲傷中撐下來，直到有日能讓你發現一些什麼，一些讓你可以繼續往下走的什麼，哪怕只是一點點。

這也是第二次以「想念」為題書寫，不過本質上並不太一樣。《想念，卻不想見的人》寫的是進行式，一種顫抖哭泣的姿態；而《當我想你時，全世界都救不了我》，寫的則是曾經，那些曾在心裡頭住著的人，甚至是，現在還住著卻已是雲淡風輕的存在。

這樣的想念包含更多的是懷念，就像是畢業紀念冊、青春時崇拜的偶像，都是你的一部分，只是你終於長大了。想念的最初是淚水，而後來蒸發成了記憶。

總有一天想念不再參雜苦痛，而僅僅只是想念，像個淺淺胎記、像個淡淡疤痕般，存在於生命裡，再不危害自己。那些一路傷心過來的日子最後會開始放晴、那些以為再也好不了的時刻會得以喘息。

終於，曾經是曾經了。

最後的最後想讓你知道，你永遠可以大方地想念一個人，但也永遠都要記住自

已有幸福的能力。會想念，但是也能夠幸福。你總會好起來的，而且會過得很好，

如同你很好一樣。

想念沒有保存期限，但眼淚有，有天你會笑著跟現在的自己揮手。

CONTENTS 目錄

CHAPTER 1

致，最好的相遇

——在我們之間所發生的最好的事，
就是相遇。
也僅僅只是相遇。

CHAPTER 2

致，兩個人的愛情

——兩個人在一起，
不是為了變成同一個樣子，
而是，即使不一樣，卻還是能在一起。

CHAPTER 3

致，只差一步的幸福

——最遙遠的我們，
是一個仍眷戀在原地，
而另一個計畫著遠離。

CHAPTER 4

致，愛的有效期限

——那時候我是認真打算要跟你在一起一輩子的，真的。
只是，愛情沒有跟上來。

CHAPTER 5

致，無法對分的傷心

——分手後最難的，
是把「我們」變成「我」跟「你」，
以後我們共有的只剩「各自傷心」了。

CHAPTER 6

致，很配得上的愛

——或許，愛情從來都沒有配不配，只有愛與不愛、要或不要。

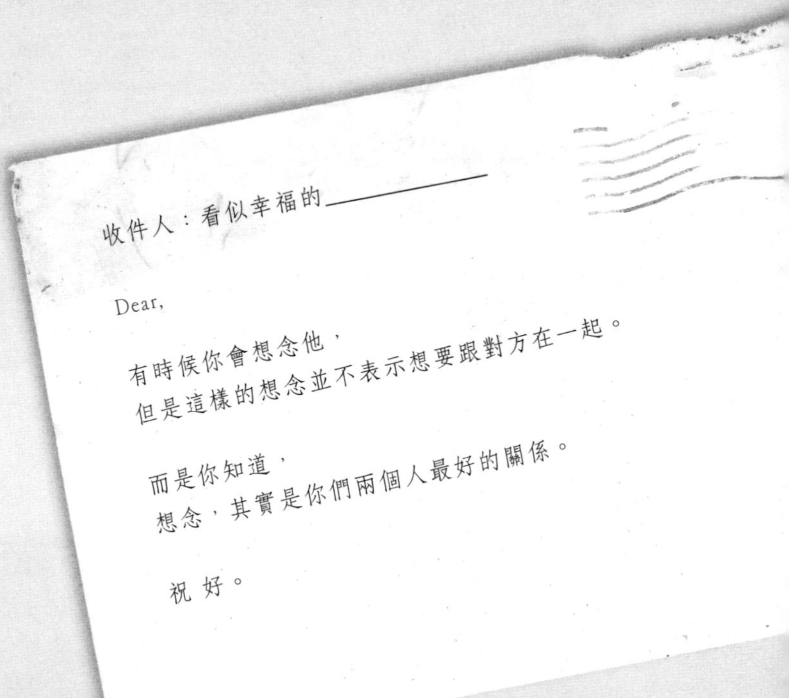

收件人：看似幸福的＿＿＿＿＿＿

Dear,

有時候你會想念他，
但是這樣的想念並不表示想要跟對方在一起。

而是你知道，
想念，其實是你們兩個人最好的關係。

祝 好。

CHAPTER 1.

致，最好的相遇

—— 在我們之間所發生的最好的事，
就是相遇。
也僅僅只是相遇。

當我想你的時候，全世界都救不了我

原來，想念是一枚電源開關，把心房由亮轉黑。關了燈，誰都看不到，但四周卻都是他。也只有他。

曾經你以為，不管是離開一個人或是喜歡一個人，想念是最廉價的東西，因為那示意了所有你冀望著卻不可得，而自己卻還緊抓著不放。那不是一種堅定，而是偏執，你討厭這樣的卑微，因此發誓不要成為那樣的自己。你選擇灑脫，如果那是少數在愛裡可以做的決定，你要為自己去做到。愛自己比愛別人重要，你很懂這個道理。

只是你沒想到的，原來想念會積累，像是身上的紋路，也像緩慢生長的指甲，它始終都在，最後甚至長成了自己身上的一部分。那些讓自己忙碌的日子，消弭不了想念，只是因為沒看見，所以才心安理得當作不存在，可是只要停歇下來，它們又從四面八方冒了出來，排山倒海。於是你讓自己更忙、再忙一點，把生活像是填充玩具一樣塞滿，將日子過得沒滋味，就不怕打擾。那時候你才發現，你所謂的「堅強」比較像是一層薄薄鮮豔糖衣，剝落之後只剩下空洞。

想一個人的時候，就像有一條細細的繩線繞住了自己的脖子，每惦記一次，線就圈緊了一些。然後長長的線隱沒在無窮無盡的黑暗之中，沒有人可以哭訴，連聲音都被吞噬。

你就在這樣的黑暗之中掙扎許久，久到開始把夜晚當成日常、憋氣成了一種生活技能。就連好好呼吸都忘記，那些習以為常在他離開之後都成了不再尋常。那段時間你最常仰望天際，不是因為海闊天空，人的視野範圍大約只有一百八十度，天空框成了一扇窗，是你與世界唯一的聯繫。晴天陰天雨天都沒關係，你知道他就在外面的某處，即使是這樣望著，就好像是在望著他。

你也曾以為這是因為寂寞使然，因為寂寞，所以你才會做這樣的傻事，例如，等待著沒有回應的回應、渴望著無法追逐的追逐。但後來你發現並不是這樣，你不是因為寂寞才總是想著他，而是因為想念他，所以才感覺到寂寞。他還住在你的心裡面，所以你才會無法喘氣，人心有限，所以多一點不該屬於自己的都會顯得擁擠，你清楚知道這件事。

就像是你後來也明白了，那條繩線其實是在自己的手上，只是因為手掌握得太緊，所以才沒有發現。遠離的人是他，待在原地不走的卻是自己，是自己替自己在地上畫了個圈。

可是你不知道要怎麼才能不想他。你還活著，心還跳著。甚至在許多時候，你其實都知道應該要更努力讓自己振作起來，只是你試過許多仍是未果，於是剩下等待。最後你只能憑藉等待。或許你所能做到最多的，也可能是最好的，就是去想他，去緩慢地想一個人，然後期待能夠緩慢地將自己鬆綁，有朝一日，喉頸終於不再感覺束縛，可以自由地呼吸。

當我想你的時候，全世界都救不了我。可是想念會有耗盡的一天，就像是日漸乾涸的水窪，最後只留下淺淺的印記。想念到了盡頭就是遺忘。後來你只能這樣去想。

你在等待這一天，等待著不再想念的日子來臨。總有那麼一天，你會不再像今日這樣想念。

想念會有耗盡的一天，
就像是日漸乾涸的水窪，
最後只留下淺淺的印記。
想念到了盡頭就是遺忘。

每一個時刻，都是最好的相遇

原來，所謂「最好的時間」，講的並不是外在環境，而是一種心境。

因為毫無保留地去愛一個人，跟著受了傷，所以便覺得之後要愛得有所節制；再因為受過傷，從此覺得給不出最好的自己，因為最好的額度已經用完了，只剩下破碎的自己可以去愛人。「如果那還稱得上是愛的話……」有時候就連你都不禁會這樣懷疑。你一度以為這是經歷所交付予你的收穫，它讓你學會保護自己、讓你不至於毀滅。

但其實你並不是真的存心如此，你並非想要有所保留，而是你覺得每個人一輩子的愛都是有額度的，就跟眼淚一樣，只要抵達了上限，至此就是向下；更或者，那是你最簡單純粹的自己，你給了出去，現在只留下剩餘的可以拿回來，你並非不想給出更多，而是，你只剩下這麼多；再多，就會要了你的命。你仍在努力拼湊回自己，你甚至覺得自己永遠都好不了。

也就因為如此，你才會堅定地以為最好的時間已經不復存在，因為你再也不是最好的自己。一種關於愛的因果。

當然偶爾，你也會覺得這樣對之後的人有點不公平，可是因為不是故意，所以也別無他法，最後得過且過，你如此真心以為。一直到後來的後來，你才懂了，你當時以為「再也給不出最好的自己」，其實只是自己逃避的藉口，只要不再無怨無悔，最後就不會落得對方的無法無天。你的成熟，竟只是一種自保方式。既然給了最好，也得不到好的回報，那就不給那麼多，你盡全力保護自己，因為只有自己不會傷害自己。當你每次想要奮力時，都會有這樣的聲音在腦海提醒著自己。

就因為前面一個人傷害了你，所以你才留給下一個人不好的自己；就因為前面的人對你不好，所以你再也不打算對後面的人好；就因為前面的人讓你讓淚流滿面，所以你便發誓再也不為另一個人掉淚。前人的錯，你用了下一個人來收拾。時間在你身上產生了作用，而你卻只學到了壞處。

你們相愛一場，但最後卻只讓你變成跟他一樣去待人，現在想起來，你終於覺得好笑。

有時候你也不禁會回想，自己若是在當時用那個最好的自己遇到現在的人，是否一切會好一點？你可以付出更多、也可以更公平地對待他，不用誠惶誠恐、戰戰兢兢，但越是這樣想，就更是說明了失去的不能復返。時間是一條只往前流的長河，每個人都要學著一起前進，跟著成長與收穫，而不是在原地緬懷。

因此，請不要害怕最好的自己已經被浪費，因為在任何時候，只要拿出自己的最好去盡心對待，就是最好的自己。所謂的「最好的自己」，其實說的是一種心境與姿態，而不單是狀態。沒有所謂「最好的時間」，只要能夠相遇，就是屬於兩個人的奇蹟，只要盡力了就是最好時間。因為時間不斷地變化，逝去的已不可追，而兩個人牽著手要去的地方始終叫做未來。

只要你願意，每一個進入自己生命的人，都可以是一段珍貴；只要你願意繼續付出與相信，就是兩個人之間最好的時間，就是最好的相遇。最好的自己與最好的時機，都是一種創造，不在以前與未來，而是肯真心付出的每個當下。

因為受過傷，
從此覺得最好的額度已經用完了，
只剩下破碎的自己可以去愛人而已。

那時候的我們，還不知道如何去珍惜

「想要珍惜」跟「懂得如何珍惜」是兩件事，知與行的不同，天差地遠。一瞬間，你終於明白了這件事。

但那已經是你們分開很久以後的事。直到今天，當另一個人指著你發狂地說：「你根本就不懂我，你完全沒有站在我的立場為我想！」你被他眼裡的盛怒給嚇傻，然後跟著衍生出滿腹疑惑，你怎麼會不珍惜他呢？你的所作所為都是為了他、為了你們，你的真心無二，他怎麼可以如此否定你？你感覺受傷，跟著也才想起曾經有過另一個他。當時，自己是否也以同樣的方式在指責著他，讓他無路可退？

你想起了他，想起了你們還在一起的那些時間。那時候你們都還年輕，沒談過幾次戀愛，一旦談了就用最大的力氣去愛對方，沒有保留、毫無防備。你們明明強烈感受到彼此的真心，但卻時常指責對方。「如果你真的喜歡我，你就不會這樣做！」「如果你心裡頭有我，你就會在意我的感受」……你很常說這些話，卻從來都沒有能力去解決問題，所以最後還是無疾而終。

「如果」，不是一個假設句，而是休止符。當時你們的認真盡心，都在一次又一次的爭執中給磨損，最後滿目瘡痍。既然解決不了，那就乾脆不要。離開彼此，是你們當時所能想到的最好方法。

分開以後，有好長一段時間你都刻意不去想起他，盡可能地閃躲你們曾約會的場所、他會出沒的地方，眼不見為淨，不見了就不會提醒你的傷心。你甚至開始懷疑他的心意，如果真的愛一個人，又怎會這樣對待？邊說著珍惜卻邊傷害你的他，你始終耿耿於懷，就因為太在意，所以日後才連避開都需要刻意。

那時候，你很容易把「對一個人的喜歡程度」跟「他是否會讓自己傷心」畫上等號，並對此毫無疑問、不假思索，就像是動物的本能反應一樣。愛一個人怎會讓他哭泣？不讓對方多掉一滴眼淚，是愛的最基本。

然後，一直到了今天，角色置換，你才能有更多一些的體悟。你想，他在當時一定也是用心地想要珍惜你，就如同你那時也是同樣的心意一般，只是你們就是做不好，你們找不到對彼此好的方法，只懂得把自己好的部分交出去。所有的好，到了最後都以一種無法預期的方式變成利器，因此才弄得彼此傷痕累累。也才會即使已經竭盡心力了，仍然看見彼此眼中的那抹失望，無法忘懷。最後也沒力氣等到學會的那一刻，就分道揚鑣。

於是你才懂了，人的行為常常跟不上念頭，想法總是跑在前頭，也所以才會想做卻老使不上力。在愛裡，我們都是先學著付出，珍惜是更進階的學習。而當時你沒學好的功課，如今換了一個方式又回到你面前，只不過此刻你終於不再把它當成是一種磨難象徵，而認為是一種收穫。經歷不再只是經過，成了一種時間給予你的交付。

因此，到如今當另一人指責自己不夠珍惜時，你終於不再只顧著自己的傷心，而是學習去照看他的心情。你開始試著理解他的感受，他為什麼這樣說？然後再學著用他喜歡的方式去對待。同時，也不再因為沒有受到自己喜歡的待遇時，便放大傷心。

你終於明白了，原來珍惜跟真心看起來不一定總是很像，但心意卻無異，對此，你終於能夠滿懷感激。並且用這樣的心意，去對待每一個人。

當時你們的認真盡心，
都在一次又一次的爭執中給磨損，
最後滿目瘡痍。
離開彼此，
是你們當時所能想到的最好的方法。

最好的愛情，是喜歡跟他在一起時的那個自己

先是只希望他好就好，再來是覺得自己好最是優先，最後才終於成了兩個人都可以一起好。這是愛的進程，是一種習得與進化。

相愛一直都是一種考驗，不僅僅是測試自己的底線，更多的時候，其實更是磨練對方的耐性。只是剛開始談戀愛的時候不懂，只看見自己的付出，卻忽略了對方也在努力；總是覺得自己委屈，而沒看見對方的沮喪。當時你沒發現愛情是一種互相，而不是消長，所謂的「互相」並不單指實質上的給予，而是包含了體諒以及互相照顧彼此的心情。就像你只覺得自己的精疲力竭，但忘了詢問對方的感受一樣。

在那個時候，在還沒有付出前，常常已經在追問收穫；在還沒有擁有前，早已經

開始擔心失去。因為心不夠安穩，所以愛情老是兵荒馬亂，兩人也注定東逃西竄，最後終於落得了個眼不見為淨。明明如此相愛，但怎麼抵擋不過離別。剛開始你會埋怨命運，最痛的分別不是沒有愛，而是有了愛卻還不夠。你會檢討自己，但後來才發現，當時你所有的反省，目的其實都是為了悼念自己、讓自己感覺浪漫，而不是真心想要收穫些什麼。

也就是因為這樣，你才會談了一場又一場的戀愛，卻又一次次告終。因為你是為了談戀愛而愛，從來都沒有想過什麼樣的愛對自己最好。

當時你也會因為一心希望對方喜歡自己，所以變成了他喜歡的樣子，而不去理會自己的喜歡與否。你被自己的全心全意感動，但後來才發現對方並不一定同樣感同身受。然後再因為被丟下而下定決心今後只對自己好，可是卻發現，怎麼距離愛情越來越遙遠。但正是因為經過幾次這樣的反覆磨練，你才得以學會，原來愛一個人，是要把自己與對方擺到對等的位置，自己或許可以是優先，但卻不是唯一考量。

相愛是一種平衡練習，考驗著多一點、少一些的拿捏，而這些毫釐常常都是愛情裡的千里。當然你還是很在意自己，但不是在意對方對自己有多好，或是只以自己為重；而是去感受與他在一起時的自己是什麼樣的人。

他是否讓自己變得更好？他是否會讓自己笑？以及，他是否讓自己能夠認同自己？你終於擺脫了每天問對方「愛不愛我？」的年紀，開始察覺戀愛中的自己是如何與對方相處，同時是如何對待對方，而對方又是怎麼回應自己。你相愛的方式不一樣了，戀愛時的樣子也變了，當你察覺到這點不同時，才確定了自己不再只是依憑本能去愛一個人，而是開使用理解去跟對方相處。

在年輕一點的時候，你選擇交往的對象，在意的是對方多喜歡自己；而成熟一點之後，你重視的則是，喜不喜歡和對方在一起時的自己。因為那是一種映照，反射出兩個人相處的關係與質地。

你很慶幸，在繞了幾圈之後，自己能夠明白這些事。因為你知道，並沒有所謂的太遲，只要隨時準備好了就是一種剛好。當可以體會這些事物的時候，就是最好的自己與時機。因為這是時間的交付，有的人早、有的人晚一點，際遇各不同，只要對了，有天就可以遇到很好的愛情。

在還沒有付出前，常常已經在追問收穫；
在還沒有擁有前，早已經開始擔心失去，
因為心不夠安穩，所以愛情老是兵荒馬亂。

因為他，
你覺得自己可以成為更好的人

「因為」跟「為了」不同，前者是一種自願，後者則是一種被動，看起來很像，但其實根本的動機不相同，這是你很後來才理解的事。

什麼「為了他，你可以被全世界拋棄」、「為了他，你可以連自己都不要」，其實說的都是「為了自己」。因為你所有的「為了他」，到頭來都是一種換取。你用你的讓渡來交換他的一些愛護，然後在裡頭過得安適，也唯有這樣，你才可以過得好。你用他的愛來讓自己過得好，而不是因為愛了一個人，所以自己開始過得好，只是當時的你沒發現。

也因此你才會變得計較。因為你所有努力的前提，都是「為了他」。即便這樣的

「為了他」最後都是為了回歸到自己身上，但你並不會如此思考，你所想到的都是自己為了他付出了多少、又犧牲了什麼，所以他也要回報你些什麼才行、也必須給予你些什麼才可以。否則你會在夜裡睡不好，失眠一整夜計算著他的虧欠，然後，再抓緊這些欠缺不放。你把它們當作是一種愛，賴以維生。這也是一種變相的討價還價，你的付出都問收穫，原來是自己把愛變成了一種物品交易，只是沒想到最後拿回來的都是傷心。

你把「為了他」扣在他身上，要他明白自己的盡心勞力，再用他的愧疚感當作愛情的計算單位。你用他的內疚來換取愛情，這是你很後來才體悟到的事。

以前你也常常聽說：「愛上一個人，會讓自己變得更好。」在年紀比較小的時候，你以為那指的是一種對待，因為有個人對自己好、讓自己好，所以就會變得更好；但年紀稍長一點後，你才明白，原來所謂的「自己變得更好」，講的其實並不是他人如何照顧自己，而是因為他，讓你有了變得更好的意願，以及去成為更好的人的信念。不是冀望一個誰來改變自己，而僅僅是因為他，你便覺得擁有那樣的力量。

跟著你也終於懂了，「覺得自己可以更好」原來是一種好的愛情的示意。你不是因為想要換取些他的什麼而去變好，也不是覺得自己配不上誰而想去變好，僅僅只是你想要自己更好而去變好。而這種好是建立在兩個人的關係上頭，不衝突、不牴觸，更不是只愛自己而壞了愛情。就因為愛情穩靠了，所以才能夠反過來變成了是支撐自己去變好的力量，是這樣的愛情推了你一把，讓你沒有後顧之憂。是他給了你這樣的愛情，讓你擁有肯定自己的能力，這些都是因為他。

因為他，你想要成為更好的人；因為他，你覺得自己可以成為更好的人。但並不是「為了他」，因為沒有誰可以替另外一個人的人生負責。每個人都要先愛自己，才能夠讓愛情長得健康。因為一個誰才來愛自己或是否定自己，都只是一種依附，一種把悲喜託付給他人。

以前的你總在愛裡庸庸碌碌，你猜那都是因為不確定感，所以才會需要做些什麼來讓對方肯定自己的存在意義；也才會常常拚了命，還是覺得不足夠：即使已經給予了最好，仍是覺得自己不好。只是那時候你沒發現這點，就因為沒有談過好的戀愛，所以才以為那樣是最好的。而這樣的認知差異，也是碰撞了幾次才能得來的獲得。

最後你才發現了，原來好的愛情，會讓人想變得更好，這是一種自發性的感受。不勉強、也不必脅迫。你要努力去找好愛情、盡力把愛情談好，而不是去討好。

所謂的「自己變得更好」，
講的其實並不是他人如何照顧自己，
而是因為他，
讓你有了變得更好的意願。

經過後你才明白，
有些人注定只能相遇，
而無法相聚。

「有些人只適合偷偷想念。」

一開始不一定都很好的好

任何事能成功都需要包含運氣，或多或少，愛情也是。然而，若把一段關係的失敗原因都歸咎給運氣的話，就注定永遠無法擁有好的戀愛。

你終於可以如此去想了，當身邊的朋友逐一找到好的對象時。但也只有你自己知道，這樣的體悟竟是從埋怨所開始，最後才能修成正果。一開始你先是抱怨：「怎麼好的人都已經有伴了？」你試想自己的條件並不比別人差，卻老遇不到好的人；甚至，連各方條件都不如你的人都早已談了一場好戀愛了，那麼，唯一可以解釋的理由，一定是自己的運氣不夠好。一定是這樣，自己不受老天的厚愛。唯有如此，你才有立足點可以去說服自己為何至今仍然獨身；也唯有如此，你才可以繼續相信自己是好的，自己值得有人來愛。

當然，你的身邊也總會出現幾個人示好，也嘗試過跟一個誰約會，你並不是一個苛刻愛情的人，但明顯的不足卻怎樣都遮掩不了，就連想要勉強都力不從心。努力和勉強不同，很久之前你就知道了。尤其當出現在圍繞周圍的對象都不夠好時，你更是感到灰心。你也想過遷就，卻發現當自己浮現這樣的念頭時，就已經是一種勉強。於是你感嘆著，自己費盡了這麼多的心力去跟上愛情的腳步，但怎麼出現的人都跟不上？

你責怪出現的人，他們不是沒發現你的好、就是你覺得不夠好。而愛情，要有兩個好，才成得了。

再後來，你開始自暴自棄。你的氣餒來自漫長的等待，甚至你開始責怪自己，你用另一個人的不長久對待來度量自己的好壞，那些碎裂的關係，也破碎了你的信念。你認真以為是自己不夠好到足以擁有好的愛情，於是加倍讓自己完美。你覺得只要自己再離完美近一點，愛情與自己的距離也就會跟著再少一些。你一度認為這是一種檢討，但後來才發現，若沒能提供正確的修正建議，就稱不上是檢驗探討，只會是一種否定，對自己的人生其實毫無幫助。因為所謂的完美並不是指毫無瑕疵，而只是一種剛剛好，一種適合。你的追求完美，原來只是一種病急亂投醫。

愛情，從來都不是因為完美就可以擁有多一點，或許能夠比較快獲得，然而，可以走得多遠，靠的多是包容與耐心。

於是在很久之後，尤其是幾次心力交瘁、努力想找到好的對象卻未果之後，你才能有了新的理解。原來，在很多時候，那些能遇到好對象的人，並不單只是他們找到了一個好的人，而是，他們讓對方能夠表現出自己的好。他們擁有那樣的能力，那種讓人可以去變好的力量，不只是給予，而是引導，去讓一個人成為更好的人。原來大多數所謂好的對象，其實在一開始都不是這麼好，而是因為遇到現在的人，於是變得更好。也就是從那個時候開始，你不再羨慕擁有好伴侶的人，你終於從「完美情人」的桎梏中掙脫出來，可以打從心裡去接受一個人，同時也接受自己。

原來所謂的「好的對象」，並不是指對方多好，而是自己先成為一個好的人，然後才有能力去影響對方一起變好。原來，那些看似完美的人，並不是一開始就那麼好，而是另一個人的出現讓他變得更好。就像完美的愛情，指的不是去尋找一個完美的人戀愛，而是因為對方，你得以在愛裡舒展並覺得安適，一種完美的姿態，這就是完美。

終於，你不再追求完美的愛情，而是開始努力把當下的每一刻過得美好。你也不再尋找完美的對象，而是希望先把自己變得好，有朝一日他出現了，你們再一起變得更好。

愛情，
從來都不是因為完美，
就可以擁有多一點。

只要比之前進步一點點，
就是巨大的成功。

在乎是動詞，受詞是對方

很後來你才明白，常常我們口中說出「我很在乎你」，其實最在乎的都是自己。那些在乎都跟自己比較有關，而跟對方無關。

「因為在乎你，我才這麼做。」當自己吐出這句話的時候，你滿懷著信心。伸手不打笑臉人，你是在對他好、你所做的一切都是因為他，因此他理當會感激、理當會歡欣接受。只是原本你心中的人之常情，沒想到他一句話就讓你的自信瓦解：「那你可以不要在乎那麼多嗎？」他幽幽地吐出這句話。

你震驚的情緒大於悲傷，你對他這麼好，怎麼換來的卻是他的否定？你的不可置信讓你石化，只得僵在原地，動彈不得。但你還在想著：「他怎麼可以這樣說！」於是你才發現，即使到了此刻，你在乎最多的還是自己的心情。你看到自己的悲愴、自己的被否定，呼天搶地，卻忽略了他的心情。你忘了他的喘不過氣、他的受困，你只專注著自己的受傷。

多少次，我們拿著「在乎」的名義，要求對方在乎自己的感受？你這才驚覺，這其實是一種卑鄙，以為只要把「你」擺到「我」的面前，就成了一種無私。

也就像是，當自己說著「你都不在乎我」時，其實只看到了對方對自己的不好，而忽略了他對自己的好。愛一個人時，因為放鬆、因為自然而然，所以往往不自覺會開始要求對方，就像是在乎與不在乎，常常都成了一種變相的要求，只是自己沒有察覺。當然優點與缺點不能相抵，不是他有一項好就可以抵銷一個壞，而是去認同每個人都有自己的擅長與缺乏，然後去真心接受。若是只放大了短處，從此對長處也就視而不見。

於是你也才體悟到，當他說出「你可以不要在乎那麼多嗎？」時，其實不是一種否定，而是一種求救。他一定是受傷了、一定是不愉快了，所以才會這樣說。「可以不要那麼在乎」並不是要推翻自己所有的對待，而是一種需要調整步伐的示意。在感情還沒有崩塌前、在關係還沒有不能回頭前，這句話給了一次善意的提醒，讓你還有機會去思考與改善。這竟是一句關照，你終於可以如此去想了。

在許多時候，言語都是中性的，但能夠拆解出什麼，便是全憑本事。不再只是感受自己的情緒，就是收穫的第一步。

最後你才明白了，真正的在乎其實不需要言語強調。可能只是一個關照的眼神、一個行為的體貼，或是眼裡的一抹包容，卻仍然可以感受到彼此的關懷。在乎從來都不是張牙舞爪，而是一種默默。這種默默，不勉強、不脅迫，不會拿在乎去要求些什麼，僅僅只是對喜歡的人的照顧，發自內心地希望他可以很好，對他好就是你的目的與理由。然後，若是對方也可以同樣在乎自己，就是一種福氣。你對他的在乎，不應該是建立在自己的情緒上頭，而是對方的感受。

所謂的「在乎」，指的是去感受對方的感受，是一種心情上的體貼。你懂了，不再把在乎變成是要求更多的藉口，而是開始學著以後要時時提醒自己，不要忘記相愛的初衷，這樣或許愛情就能有始有終。

多少次，我們拿著「在乎」的名義，
要求對方要在乎自己的感受？
這其實是一種卑鄙，
以為只要把「你」擺到「我」的面前，
就成了一種無私。

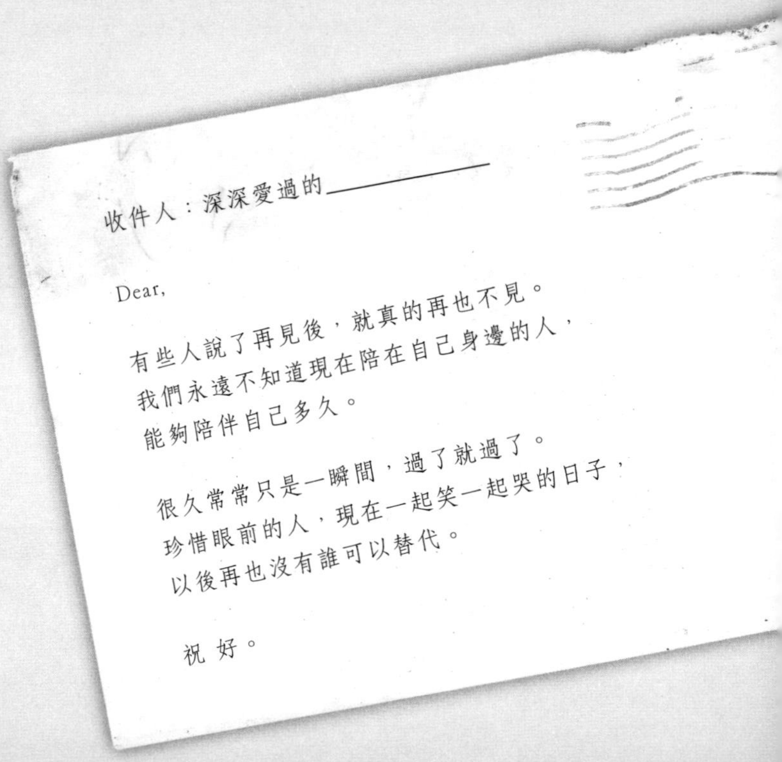
收件人：深深愛過的＿＿＿＿＿＿
Dear,
有些人說了再見後，就真的再也不見。
我們永遠不知道現在陪在自己身邊的人，
能夠陪伴自己多久。
很久常常只是一瞬間，過了就過了。
珍惜眼前的人，現在一起笑一起哭的日子，
以後再也沒有誰可以替代。
祝 好。

CHAPTER 2.

致，兩個人的愛情

── 兩個人在一起，
不是為了變成同一個樣子，
而是，即使不一樣，還是能在一起。

完美，不是他多好，而是他讓你覺得自己很好

原來，所謂的「完美」指的並不是他多好，而是，他讓你覺得自己很好。這一刻，你發現自己終於在愛裡長大成人。

如同「初戀情人」永遠都占據心中一個位置難以取代，「完美情人」也是，他是一種極致的想像，他的身高、體重、個性，就連微笑你都有角度範本。那是你的終極追求，你知道或許不容易，但要是沒有嘗試過就放棄，也只是一種不甘心、一種對自己的背叛，愛情本來求的就是萬分之一的機率。所以你拿著模型去追尋，即使遍體鱗傷也甘之如飴；你甚至引以為傲，那是你的戰績、你的榮耀。

然後，在經歷過碰撞、拉扯、弄丟自己又死而復生之後，你學會了讓步，也學會

了捨棄。可那並不是一種真心接受，而是一種不得不，所以你仍心有不甘、蠢蠢欲動，等待下一次完美的可能。那時你所有後退，圖的都是再前進更多；你把自己交出去，都是為了要跟他拿些什麼回來。所以，你還是談不成一場好的戀愛。如果連真心誠意的愛都不一定成功的話，那麼一開始就算計的愛，又怎麼能圓滿。但這些，是你很後來才體悟到的事。

就像是童年的恣意落淚、到長大後忍住不哭，再到對許多事物的了然，這是一種必須的歷程。愛情也是，可這些體會都得要親身遭遇一回才能算數。

於是現在，你不再斤斤計較他的老毛病、挑剔那些小缺點：他總是還沒洗澡就往床上躺、衣服襪子內褲一起洗、老是沒詢問過你就點了最大分量的菜……他離完美很遠，但卻靠你最近。你曾經以為這仍是一種退讓，時間總會叫人妥協。但時間更久一點之後你才發現，其實你還是追求完美，只是完美的定義在改變。你不再追求更多、不再覺得總是不足夠，不多不少、剛剛好，才是完美。

你的完美，不再是完整無缺，而是即使發現了瑕疵，仍然覺得很好。完美不一定美，耐看才能持久。

而完美的愛情也並非光鮮亮麗，而是不用刻意炫耀，就讓人感到誇耀。一種不強迫、不勉強、不覺得委屈，愛得很自然。愛情是兩個人的對手戲，但卻不允許作戲。這是時間的善意，它給你磨難、幫助你成長，只要不把益處往外推，就會發現原來時間不是只有壞處。

所以有好長一段時間，你並不明白為什麼，只要在他的身邊你就是可以睡得好，沒有惡夢打擾、半夜驚醒，就連落枕都給治好。然後一直到某一天，你望著他沉沉睡去的臉，於是才驚覺了，原來，他就是你的安眠藥。他的體溫、他的氣息，他那偶爾在睡夢中因為過度疲累而發出的呢喃，都給了你安全感。在他身邊，你生平第一次可以感受到不求再多的意義。

以前的你，希望愛要更完美；現在的你，則是希望愛得更久。你終於不再以完美為珍貴，開始覺得身旁的人最重要。而他讓你喜歡自己，就是完美的對象。

你所有的後退，
圖的都是再前進更多；
你把自己交出去，
都是為了要跟他拿一些什麼回來。

一個人再好，
但如果他沒有把你放在心上，
對你來說就是不好。

愛一個願意支持你的人

支持跟漠視不同，表面上看來都像是不干涉一個人的決定，但出發的起始點卻不同，最後也會邁向不一樣的結果。你終於懂了。

每一個人都不同，即使相愛了，也不會變得一樣，可能很像，但不會完全一致。「很像」終究只有個「像」，因為每個人本來就都是獨立個體，而不是與誰相像的仿冒。或許經過了時間的磨合，歷程有了累積後，兩個人再不只是新鮮熱烈，對於對方的理解也不再只是猜測想像，而會變成一種理解。這是時間的力量，它幫助人前進，一種唯有遭遇過才可以得到的體悟。也因此，很容易就會產生「他怎麼會不懂我？」的感受，可是無論再怎麼相愛，一個人也無法變成另一個人。

年輕一點的時候，很容易糾結在這點上頭，總是想著：「在一起這麼久了，為什麼他還不知道我的想法？」這也是時間的陷阱，它讓新鮮變得尋常，然後一不小心，尋常就變成理所當然，付出就成了一種應該。所以你才會覺得，經過時間的磨練後，他理當會了解你。但這其實是一種對時間的浪費，你把它給予的收穫，當成了現在的武器，而不是助力。

當時的你把「不夠了解」與「不夠相愛」畫上等號，卻忘了兩個人本來就不相同，當初才會相愛。這竟是一種對過去的否定。

一開始，你們只為了意見分歧爭執，到後來，卻變成了質疑對方的愛情。只是當時的你沒發現這點，因為你忙著照顧自己的心情，專注凝視受傷的情緒，而忽略了照看對方，也忘了愛情應該要相互扶持。所謂的「扶持」，裡頭包含了支持，這指的並非要喜歡對方的每一點不可，而是發現即便是不喜歡，卻還能跟他站在同一邊。「有我在」，是愛情裡最甜蜜的承諾。

這也是一種愛裡的同理心。他會站在你的位置去觀看，思考的不是怎樣對自己最好，而是如何做才是對你最好。因為他知道，無論兩個人再相愛、再相像，都還是有各自的人生與夢想，沒有誰可以幫誰過他的生活。這是關於愛的成熟，不再去勉強對方跟自己一樣，你們很盡力去磨合、體諒，但同時也接受了對方跟自己的差異。當然，這並不是說相愛的人都要各走各路，而是你們往共同的遠景前進，調整步伐齊步，但不是強求過程非要一致、不再去追求對方成為另一個自己。

很後來你才體悟到，兩個人在一起了，不是為了變成同一個樣子，而是，即使不一樣，卻還是能在一起。

所以，要去找一個願意支持你的人來相愛，他不一定要完全地認同你的決定，但卻願意站在你這邊，當你遇到困難、遭遇挫折的時候，他會幫你撐腰，而不是躲在身後竊笑。他無需非要贊同你不可，但卻願意去理解你所做的每一個決定，並了解這都是經過你認真思考後的結果，而非輕率。他會把否定你的力量，變成支持你的動力。能夠認同你，就是一種支持、一種肯定，更是一種攜手的方式。

愛一個人就要學著包容他的好與壞，不一定都可以真的完全喜歡，但至少要可以做到兩個人能夠在同一個陣線。至少要明白，兩個人是站在一起的。這樣的愛，才會很好。

當時的你，
把「不夠了解」與「不夠相愛」畫上等號，
卻忘了兩個人本來就是不同個體。
這竟是一種對過去的否定。

壞了感情的不是祕密，而是想要挖掘的偏執

戀人之間就應該毫無保留，毫無祕密才對；如果有所隱瞞，那就表示愛得不完整。這是以前你的想法。

那時候的你覺得「沒有祕密」就是表示「愛得深」，你認為既然兩個人已經決定走在一起，就應該要完全地開誠布公才行，才會這樣去思考。一部分的原因是出自於好奇，但不帶有不好的臆測，單純地只是因為喜歡上一個人了，所以產生了興趣，因此才會想要知道關於他的一切，他的所有你都不想要錯過。

然而更大的部分，其實是源自自己的沒有信心。你還不知道他過去的事，尤其是他的前任戀人們，她們是如何的人？他跟她們又是為什麼在一起？喜歡她們哪裡？然

後，最後又是為了什麼而分開？你急於知道這一切，因為這樣你才能夠有依據，才能夠知道自己的優勢在哪兒、又要小心不該犯哪些錯？不足的你就加強，要避免的你就繞道，你把他的祕密當作是對未來的憑藉。

你之所以用盡心力去窺探，主要並不是想要了解他，更大的原因只是因為自己的不安。戀人間珍貴的理解過程，不小心就被揮霍殆盡，只是你沒發現。

這是因為當時的你，把祕密當成是阻擋愛情的絆腳石，所以才亟欲搬走它。以為只要祕密沒了，兩人自此就可以一帆風順。但你卻忘了，勉強對方說出自己不願說的祕密，其實比較像是一種揭傷疤，只會損傷了愛。一開始可能是好意，不知不覺竟成了惡意，這也是你始料未及的事。你專注於求得自己的心安，卻不小心忽略了他的心情，忘了愛是兩個人一起。

「如果沒有什麼不可告人的，為什麼要隱瞞？」由於心急，你還說出了這樣的話語，並且義正詞嚴；甚至到了緊要關頭，語末還會再加上一句：「如果不說，就表示你一定做了什麼。」沒有一種愛是需要脅迫，但你忘了。你也不覺得這是一種無理，因為你的出發點全是為了兩個人好。你以為只要扣上了「愛」這頂大帽子，就可以什麼都理直氣壯地要求；因為以愛為前提，愛都是對的，什麼都可以被允許。

當時的你把兩個人看成了單一個體，不分你我，所以才什麼都要同步。但是，雖然你們在一起了，卻並不是同一個人，其中的差別，也是很久之後你才能夠體悟到。

跟著你才了解，其實每個人的心裡多少都藏著一些無法對別人訴說的話，與其說是祕密，更貼切地說，應該這是自己唯一可以跟它和平相處，或繼續保有它的方式。一旦說出來，就有可能會破裂了，破裂不一定會好，所以才選擇不說。

而只要兩個人相處得夠久，自然就會伴隨時間而產生理解，無須費盡心思非要挖掘。若還是無法知曉，其實也正巧表示了它們的存在並不影響你們的愛情，就更沒有知道的必要性。偏執地想要知道所有的祕密，以為它可以解決你們愛情的問題，其實只是一種幼稚，對兩個人的關係並沒有實質的幫助。

經歷過後，你終於不再以為知道他百分之百的一切，才等於擁有完整的他。每個人都會有一些祕密，不足以為外人道，只要無傷大雅就好。你們只要繼續愛得很好，就好。

偏執地想知道所有祕密，
以為可以解決愛情的問題，
其實只是一種幼稚。

去旅行吧，然後再繼續相愛

一起去旅行，其實不是浪漫情調，而是一種對彼此關係的考驗，往上或墜落，唯有自己親身經歷過後才能夠確認。

戀人們總會想要一起去旅行，到一個異地、找一個沒人認識的地方，相依為命的情懷，放大了浪漫、彰顯了想像，終於可以成天膩在一起，然後，會更加相愛。這是戀人架構出來的幻境，滿心期待，可是不知怎的，旅行卻常常成了惡夢的開端。一開始是口氣急促，接著是語氣激動，到後來則成了怒目相視……你不明白為什麼會變這樣？這並不在你的預期當中，所以你也沒有任何對策。你以為已經很了解對方，但沒想到才一趟遠行，對方就現出了原形。原來旅行竟是一面照妖鏡。

他，變成你不認識的樣子。你驚訝萬分，甚至帶了點惶恐，然後腦中不停地旋轉，一直詢問自己究竟平常遺漏了什麼細節，怎麼原本最熟悉的人如今面目模糊。那時候你還不懂，所以才一直覺得他不一樣了，但很後來才驚覺，其實當時的他也覺得你同樣不是他所認識的那個你，原來不只是你這樣覺得。旅行讓你們成了不相識的兩個人。於是你才發現到，自己眼中所謂的「照妖鏡」，其實不單是映照出對方，同時也映照了自己。只是因為當時你忙著呵護自己受傷的心，所以沒發現對方其實也懷抱著傷口。

一起旅行，原本期待的是互相照顧，但在不知不覺中成了自我中心的實踐。他怎麼忽略我的感受？他為何不了解我的喜好？原來那些在愛裡所習得的體貼包容，全在這一刻又還了回去。旅行，把你們變回幼稚的青春期，互相指責，溝通的方式是迂迴曖昧。

當時的你也不明白，為什麼旅行中的我們跟平常所看到的不同？你百思不得其解。一直到很後來再有機會與誰去旅行，你才終於理解到，因為一個人處於陌生環境的不確定感，原來會跟著延伸到心裡頭，覺得不安、動盪，卻還要故作輕鬆，只怕一不小心就露了餡。不僅僅是浪漫情緒被放大了，心情的起伏也跟著劇烈起來，一觸即發。更因為忙著想要把自己安穩下來，所以沒有餘力去照顧另外一個人。照顧，是有多出才能給予的東西。

就因為這樣，所以覺得對方不一樣了。平常在熟悉的地方相處，人往往都比較放鬆舒適，更重要的差別在於，並不需要額外花費心力去熟悉環境與調適自己，因此便可以專心一志地凝視另外一個人，並且時時關注他的感受。其實兩個人都沒有不同，只是平常遮掩起來的地方展露了出來而已。到了陌生的地方，會叫人卸下偽裝，不是因為放鬆，而是因為不安全感而坦露出真實的自己。

旅行也會彰顯一個人的心理質地。旅途中難免不愉快，但對方是怎麼解決問題與看待問題的，有一天，這樣的處理方式就會對應到你們兩個人上頭。而這點，關係的是兩個人的以後。這是你最後才體悟到的事。

可是，也不能因為害怕爭吵就避開旅行的計畫，而是應該試著把它當成是一次練習，以辨識出彼此的差異與不同，再試圖修正和調整，賦予正面的意義。旅行可以象徵另一個階段的起點，不一定只是毀滅，你終於可以如此去想了。以後，你還是要繼續一起去旅行，試著克服困難，然後，繼續相愛下去。

因為忙著想要把自己安穩下來，所以沒有餘力去照顧另外一個人。照顧，是有多出才能給予的東西。

「對自己好點。」你這樣說。
但我想要的
卻只是你能對我好。

愛情軍師，戀人裡的第三者

愛情的世界容不下第三者，同樣也容不下的，是另一個人的七嘴八舌。

關於戀愛，以前的你很愛問，愛情裡的一點小瑕疵，都成了你口中的大提問。你以為那是一種少不更事，但更多的時候其實只是沒有定見，所以才會希望某個誰給自己意見。你抓著身邊的每個人問，然後再依循；也不是真心接受別人的建議，反而比較像是：「我也沒有其他想法，不如就依你的。」後來你才發現，這原來是一種逃避，你無法替自己的愛情作主，所以才輪得到別人來插嘴。

稍微長大一點之後，你還是問，但學會了慎選對象，一種另類的愛情進步。你不再逢人便問，精心挑選適當的對象。剛開始你以為這是一種客觀，但之後才發現愛情從來都是私人，並沒有所謂的客觀，因為愛情不是樣板，每個人的方式都不一樣。甚至在更多時候，這其實只是一種取巧，他人的建議百百種，但你只挑了自己想要的去聆聽，其他充耳不聞。你的「客觀」，其實是一場精心篩選的騙局。騙的對象則是自己。

你這才驚覺，這些愛情軍師原來都是愛情裡的第三者，時時介入了你跟他，而且光明正大，也因為自己的允許，不僅理直氣也壯。

他們在你愛情順利時錦上添花，遇到問題時義不容辭，當然你寧可相信他們心都良善，絕非不安好心；只是，當愛情告終時，他們常常也都只能事不關己。經歷過後你才明白，如果說身處在愛裡的自己都不能保證愛情的圓滿了，更何況是不在裡面的人。愛裡的考驗已經夠多，何必又自己招喚來那些風風雨雨。

當然，總還是遇到一些熱心人，他們等不及你的求救，便看出警訊，從而拔刀相助。他們像是愛情裡的算命師，未卜先知，即便沒有你的愛情八字，仍舊好心提點，你也感激在心。但就跟所有命理一樣，他們給了指示，但要往哪個方向走，還是得靠自己選擇。

愛情裡的人言可畏，原來指的不是誰的干涉，而是那些愛情軍師，多少愛都在他們底下成了冤魂。

而現在，你終於不再對外尋求答案，並不是說自己已經長大聰明到足以解決所有問題，在愛情面前每個人都是個傻子，更何況是自己。在某些時候你還是需要建議以及旁觀者清的提點，只是，在開口提問之前，你學會了先問自己。你試著先從自己身上去找解答，用你對自己愛情的理解與感受當作出發點，而不單單只是他人的觀點。

或許你無法阻擋別人的意見，但至少可以做到不急著去聞問、把別人眼裡的黑白納進自己的感情，只先去看自己心裡的是非，然後再去專心對待。這是一種對自己愛情負責的方式，你很知道。

你的「客觀」，
其實是一場精心篩選的騙局。
騙的對象則是自己。

結婚，不是把「No」變成「Yes」，而是一種篤定

一直到最後你才明白，或許自己在等的，並不是那個讓自己把「No」說成「Yes」的人，而是那個，讓自己心中只有篤定的人。

你第一次出現「結婚」這個念頭，是在很小的時候，那時候你的世界只有家裡到學校的五百公尺遠，結婚對你來說最大的意義是白紗與捧花，輪廓不清、模模糊糊，你未經仔細思考，但卻無比認真。稍微再長大一點之後，你還是憧憬結婚，你在裡頭擺進了更多現實面，但湧出來的仍是玫瑰花瓣，一樣夢幻粉嫩，而你也同樣認真無二，它永遠都是你的第一順位。

而現在，你卻絕口不再提結婚，就像是生日的第三個願望，說出來就不會成真似

的，所以矢口否認。其實你還是想結婚，想要有個人陪，你心裡比誰都清楚，所以你才會像不怕痛似的一直戀愛，才會揣著傷口還非要等一個誰出現。然而，其實你更害怕的是，一說出來就會顯得不爭氣，你怕一開口就會嚇跑另一個人，所以才用不在意來掩飾其實很在意。最後，外面的人也開始認定你是婚姻的絕緣體。

你這才驚覺，長大後我們都學會了說謊，其中最擅長的原來是欺騙自己。我們為了自保而欺騙他人，沒想到最後為了圓謊，竟把自己困在裡面，從此動彈不得。

你並不是沒有過可以結婚的機會，大家所說的水到渠成你也遇過，彷彿是一種默契，你們不互相制約，但就是往同一個地方去。然後，周遭的人也開始鼓吹，熱鬧歡欣，你更曾經為此感到慶幸與無比光榮，可就是隱隱覺得不對勁，卻說不上來。於是等不了他開口詢問，你就先落荒而逃，哪裡都好，只要不是婚姻就好。其實你在心裡頭還是覺得一生廝守很美，但不知怎的，就是點不了頭。

那時候的你不知道自己在逃什麼，很後來你才懂，原來自己並不是逃離婚姻，而是在閃躲心中那巨大的遲疑。

若說，戀愛的成功機率已經很低，婚姻則是再難上幾倍，因此，再加上自己的不肯定，無疑只是雪上加霜。還沒碰到婚姻，自己就先垮了，又要怎麼捍衛堡壘？也是經歷過了你才明白，原來愛情與婚姻都不是一種說服，而是一種毫無遲疑的自願。不是把「No」變成「Yes」，是一種發自內心的一心無二。

他不必費盡唇舌來告訴你以後可能的美好，而是你自發性地覺得以後都會好；或者是，你要覺得，之後即使遭遇困難，你都願意努力去讓它變好，而不是繳械。你對未來的想像，不是建立在他的承諾上，而是自己的感受上。終於你這樣體悟到。

終究是，無論外面的聲音再喧囂、時間的腳步在身後催促得再急，你還是想聆聽自己的聲音。愛情與婚姻都需要勇敢，但你只希望在它之前可以有多一點點的確定，或許這樣，就會離幸福更近一些。

原來愛情與婚姻都不是一種說服，
而是一種毫無遲疑的自願，
是一種發自內心的一心無二。

收件人：意圖追上遺憾的＿＿＿＿＿＿＿

Dear,

大家都說錯過，但我會說，我們曾經對過。
一起摘星星、一起剪日出、一起游過小巷彎過街角，
我們曾經那麼快樂，快樂到世界彷彿只有你我。

那些都是真的，但也都過去了。
我們曾經對過，
只是時間沒有跟上來，而我們只能跟上自己。

祝 好。

CHAPTER 3.

致，只差一步的幸福

—— 最遙遠的我們，
是一個仍眷戀在原地，
而另一個計畫著遠離。

一直努力到最後的我們

遇到喜歡的對象，再不合適都可以嘗試一下，這是「努力」。但若是千瘡百孔了卻還硬要繼續嘗試，就叫「活該」。你還是期待永遠，可以跟某個人牽手一輩子的願望始終沒變，只不過不同的是，終於你不再偏執地要某個誰跟自己一起完成。

這並不是指自己不再期待愛情，再不要去與誰戀愛，而是，不再堅持自己要跟特定的誰過往後的日子。所謂的「誰」，指的是一個自己執拗認定的人。你相信一見鍾情，也相信命中注定，就如同你始終相信愛一樣，但你不信的是「一個人一輩子只能跟某個指定對象戀愛」這件事，愛情的珍貴性是建立在相依上頭。你當然曾經那樣愛過人，即使傷痕累累也不放手，他是此生唯一、他是不可取代……每次受了傷之後，你都這樣去說服自己不要放棄。然後，再看著自己的遍體鱗傷不停反問：「為什麼愛會使人受傷？」

對於愛的念頭你始終都很單純，不懂計較、不問收穫，只不過當時的愛還多了分直接。你不懂迂迴，直來直往，所以才會受了傷還不懂得轉彎。你責備自己、修正自己，但就是忘了檢討愛情。愛有好有壞，就跟人一樣，只是所謂「壞的愛情」並不等於對方不是個好人，而是好人其實不等於會有好的戀愛，如此而已。但也就是因為這樣才難以分辨愛情的好壞，或即便是好不容易辨識出來了，但還是捨棄不掉。離開一個壞的人能夠心安理得，但要告別一個好人，則需要更多的努力。

於是你才明白了，愛是不會傷人的，給予傷害的，都是那個不離開的自己。從來會使人受傷的，都是壞的愛情。而只要跟不適合的對象一起，就是壞的愛情。

傷害，並不單指謾罵、拉扯之類的暴力舉止，使不上力、力不從心，也都是一種對自己的消耗，先是磨損了愛，有朝一日就會傷了心。在愛裡頭，堅持與放棄都需要學習，只是常常堅持需要比較多的傻勁，而放棄則需要更多的智慧才做得到。因為放棄是一種割捨，會疼、會椎心，需要的是清明透澈，而不是拉扯糾結。

也所以，你才很感謝他，你的前任情人。他用了溫柔的方式與你離別。你們在一起好一段時光，所以知道你的念舊、你的開不了口，他太了解你了，因此更清楚你的欲言又止代表的是什麼。愛是雙向的、有來有往，若其中一個人緩慢了，就無法前進；只要一方有了遲疑，不用言語，另一方也能感受到。他不想為難你，更不要你的為難，因為他知道，一個人在愛裡的所有為難，最後都會回過頭為難了愛情。愛情不該建立在為難上頭，每一個人都值得全心全意的愛情。

愛了就該認真、就該負責，這是你談戀愛的一貫準則，就因為自己知道愛情很難，所以才不要敗在自己身上，所以更去努力。愛情沒有努力不行，但光只有努力也成不了。然而，在適當的時候分開，也是一種對愛情的負責任。不是非得到復原不了了，才算是遵守承諾。兩個人一起努力，然後若有日連努力也於事無補時，就是該道別的時候。而他便是明瞭了你的努力，所以也同樣努力，最終才更捨得放手。

最後你才釋懷了，若在愛裡的兩個人都這麼努力了，還留不住愛情的話，結果也就無須傷心。愛情求的不過是一個無愧於心，會傷心大多來自有所愧。

因此，你想說：「謝謝我們，謝謝那樣堅持努力的我們。我們如此盡心盡力、毫無愧對，即使最終仍然走不到最後，卻讓我能夠堅定了愛的信念。」因為他，你才得以繼續保有愛的美好想像。他是好的，還有人會對自己這麼好，然後滿懷期望有朝一日終會出現那樣的愛情。

愛情沒有努力不行，
但光只有努力也成不了。
在愛裡的所有為難，
最後都會回過頭為難了愛情。

忘不掉的，就放下

你低頭看，發現自己的手上原來握有一把傘。

你有點驚訝，怔怔地望著它，甚至疑惑它是何時出現在自己的手上的？你記得他離開的日子，當時的溫度、潮濕的空氣，還有他決絕的表情，歷歷在目，但就是不記得這把傘。所以你才會全身濕透，在盛夏裡不停地顫抖著。你的眼裡只有他。因為習慣性地注視著他，所以才會忘了自己原來也有復原的力量，而不只擁有愛的能力。

原來，愛情的結束不只是從「我們」變成「我和你」，更多的是由「凝視對方」變成了「專注自己」。

在一起了那麼久的日子，時間長到他就像是影子，不分日夜地跟隨著自己。你一直以為你們會繼續往下走，遇到了困難就解決、遭受了挫折就傾訴。日子一向都是這麼過的，以前是這樣，以後也會是，這是未來日子的範本。你們會一直走下去，雖然日子不總是好，但最後總能變得好，日子都會是晴天好日。

可突然間的某日，他決定要離開了，像是不在預期內的遠行，差別是他再沒有回來的打算了，從此之後你的生活就成了綿延不斷的陰雨天。你開始忘了有晴天，只是惦記著他。你以為自己再也無法真心去愛一個人了。你把愛都給了他，他走了，卻沒有歸還。

一直到很久之後，你想起了一句話：「時間或許無法讓你忘記一個人，卻能讓你放下一個人。」終於，在熬過之後你懂了它的意思。雖然偶爾想起他的時候，你還是會記起那天的大雨滂沱與濕淋淋的自己，但再也不害怕記憶了。你低下頭，終於記起了手中的那把傘，並且有了開啟傘花的力量，而不只是感到受傷。或許還是難免被水花濺濕，就像是那些突然一閃而逝乍現的回憶，但你已經有了可以越過雨天的能力。

你也記起了小時候與兄妹爭得面紅耳赤的玩具，當時視若珍寶，說什麼也要擁有，但如今已經不知去向，可能收在哪個櫃子了，也可能是在某次大掃除中不經意就丟棄了。人生其實像階梯一樣，一步步踏上去，以前萬分看重的東西，之後可能會無關緊要。並不是以前執著的自己是笨蛋，而是人本來就會長大，而長大帶來的改變就是覺得重要的東西不一樣了。因為不重要，所以就不會再時時惦記著了。時間是解藥，說的是其實是這件事。

愛情也是一樣，拉扯不放的人、糾纏不清的關係，日子一久就可以慢慢放下，不需要刻意丟掉，而是自然而然就不需要了。以前的你不相信會有這一天，傷太重了，你覺得自己再也好不起來了。只是你後來也才發現，你如此堅定地相信自已無法痊癒，其實就如同當初迷信他不會離開一樣，而他還是走了，你也好了起來了。

你還是有心，只是學會了不再把心擺在一個不在意自己的人身上。愛了就給，不被愛了就止血，這是你很後來的體悟。你終於好起來了。想要好起來的方法就是不去想著要好起來，只要記得繼續往前走就好。有時進有時退也沒關係，它們都是前進的一種方式。然後有天，當你想起他時終於能停止顫抖了。以後你也會繼續往前走，不管晴天或是雨天，即使緩慢，你會一直懷抱這樣的信念。

愛情的結束
不只是從「我們」變成「我和你」，
更多的是從「凝視對方」
變成了「專注自己」。

如果暫時還忘不掉，
那就先擱著吧。

不是等待著遺忘，
而是等待著好起來。
有天時間會給你解答。

默默等待，並不是一種付出

有好長一段時間，久到你已經忘記去數、也計算不出來。你，習慣了等待一個人。等待變成你的日常，時間被它給包圍住，無聲無息。

也就像個悠長的生活習慣一樣，不自覺地嘆氣、無意識地發呆，或是一個人去散很長的步，你從來都沒有察覺到有什麼不對勁的地方，也沒有覺得哪裡需要改變，或者是說，你根本不確定要怎麼改變。更甚至是，你曾經那麼努力去嘗試改變過，最後卻因為無功而返，而決定自此維持現狀。

所以你也才會誤以為維持現狀是好的。你在這樣的狀態下覺得安穩，偶爾的不滿足也不打算再抱怨，人生不可能樣樣都好，你也把這當作是一種知足；但很後來你才發現，你的安全感並不來自兩個人關係的牢靠，而僅僅是自己的沒有擁有。因為沒有擁有什麼，所以也就無所謂失去，你的心滿意足，一開始就立基於錯的地方。而你的沒有風險，其實只是自己從來都不在風險的考量裡頭。於是後來你更懂了，現狀其實只是一處避難所，它讓你感到熟悉、覺得安全，但是，也讓你脫離了現實。

也就是那時候你才驚覺，自己是因為喜歡一個人，所以等待？或者是，是因為習慣了等待，所以才沒有其他的打算？

甚至，你也一度覺得這是一種付出的形式。你很喜歡他，所以不想造成他的困擾；你很喜歡他，所以願意吃苦；你很喜歡他，所以可以接受他的不聞不問……但清醒之後，你才明白原來自己把「很喜歡他」拿來當作擋箭牌，只不過你不是用它遮風擋雨，而是用它來逃避。只要擺到「喜歡他」面前，你就可以不問自己的感受。喜歡一個人，可以用來做很多事，但你卻把它用來當逃避的藉口，原本愛情裡頭的美好定義，變成了一種嘲諷。你躲在等待後面，默不出聲、沾沾自喜。

原來，是自己美化了「等待」。所謂的等待，應該是一種應允，兩個人給了承諾，然後其他交給時間去處理。而單方面的等待，其實只是一種一廂情願，你把自己當成苦情戲的主角，沉溺在悲傷裡頭，覺得很美、認為感人，甚至還帶了點驕傲。你感動自己可以如此去付出，情操偉大，只不過你卻忘了，一廂情願的「感人」，唯一被感動都只有自己，從來都感動不了別人。

跟著你更明白了，付出也有自以為是。你不管對方要不要、拿不拿，只自顧自地把自己的想望擺到對方上頭。這不只是一廂情願，竟也是自欺欺人。

默默等待當然可以是一種選擇，就跟愛裡頭的付出一樣，可以不求回報、不問收穫，但千萬不要把它當作是一種愛的實踐方式。愛一個人所以付出，與付出後希望有朝一日可以變成愛，是兩件事。吃苦從來都不是愛裡的必須，也不要去相信什麼「吃苦當作吃補」這樣的話，因為這只是得不到愛的人用來慰藉的言語，你不要這樣的歡喜。

常常愛已經很為難人，所以請不要再自找罪受，平白無故受罪，並不會增加愛的分量，愛從來都是建立在兩相歡喜上頭，你要一直這樣記住。

所謂的等待，
應該是一種應允，兩個人給了承諾，
然後其他交給時間去處理。
而單方面的等待，
只是一種一廂情願。

離開你，是他對你所做的，最好的一件事

那些曾經以為沒有他不能活、也不想活的日子，挨著、挨著，也走到了今天；那段當時不要自己、不想自己的時間，咬著牙，終於也過來了。

有多不容易，中間有幾度想要放棄，你自己都明瞭。因此，就像現在這樣，站在這裡回頭望時，你於是才能發自內心地覺得難能可貴。就是因為那些經歷與度過，才讓你成為今天的樣子，有了新眼界，並滿懷感激地回看過往。而這樣的體悟，是用了多少失去才能獲得，多麼珍貴。珍貴，不是因為稀有，而是因為難得。

其實，你跟他並不相像，你心知肚明。只是因為已經在一起好些時間，所以你原本以為那些不同步的歧異，都可以在時間的摩擦之下，變得圓潤，再發展出一種調

和。你不敢奢望兩個人會擁有多麼無比的心靈相犀，但至少可以得到某種程度的相知相惜。於是才會在一次又一次碰撞，接著碎裂之後，揣著身上的傷口，還願意再努力一次。因為沒有人的感情在一開始就可以順心如意，所謂的理解，都是需要經過時間跟努力才成得了。你早過了憧憬夢幻愛情的年紀，所以現在才會不輕易放棄。

你不要他離開，不是因為愛他，而僅僅只是因為覺得愛情需要努力。你把在以前戀愛所學到的教訓，在他身上具體實踐。

這是前面的人教你的事，愛情不是要找到跟自己很像的人，也不是要另一個人來配合自己，而是兩個人互相包容。因為每個人都是不同的個體，成長遭遇也不一樣，所以自然需要時間磨合。圓，就是這樣修飾出來的。他們教會了你耐心以及好脾氣。但你卻也忘了，愛情當然需要努力，但不是光靠努力就可以；愛情需要更多的，是裡頭兩個人的意願。

不管是溝通或包容，都需要兩個人有意願才能夠成立。愛情裡頭，講的是「互相」，是一種交流，而當其中一個人沒有意願對話的時候，再多的努力都只會變成是一種白費力氣。就跟單方面的付出一樣，成就的永遠都只是陷在裡頭的自己對愛的想像而已，並不是一段關係的圓滿。這也就是為什麼，當時無論你們吵得再怎麼天翻地覆、你再怎麼淚流滿面，他都能無動於衷。因為，你早就不在他的愛裡。對話，還有聆聽，是愛裡的最基本。

只是當時你還不懂這些，你只想著要努力，卻忘了要照看自己；你只想著不要對不起你們的愛情，但卻不小心對不起了自己。你費盡心力想要讓愛情好，但在不知不覺中，卻把自己擺到了考量之外，而不管是怎樣的愛情，前提都是要自己先好了，才會好。這是很後來你的體悟。

也是很後來你才知道，他的當壞人，其實是當時他所做的唯一對的事；離開你，也是他對你做的最好的一件事。當然，你並不是感激他不愛你，因為你一度全世界只有他，你感謝的是，他當時狠心決絕，才讓你能夠置死地而後生，縱然過程多麼殘忍。以前的你，從來都沒想過會有這樣的一天，自己可以對曾經傷害自己的人如此心存感謝；但也就如同你從來都沒想過你們會分開一樣，世事難料，你怎麼忘了，不斷變化才是唯一不變的事情。

最後的最後你也才懂了，如果他無法給你最好的他，不如就把最好的你還給你自己。然後，讓你可以有天再用最好的自己，去與誰相愛。

你只想著要努力，
卻忘了要照看自己；
你只想著不要對不起你們的愛情，
但卻不小心對不起了自己。

最巨大的心碎聲是
沉默不語；
最傷心的道別是
笑著說再見。

幾乎要幸福了

愛一個人，你願意調整自己的步調去跟隨他，不覺勉強、也沒有委屈，所有的改變都出於自願；而若他同時也願意為你這麼做，這就是愛情裡最大的福氣。

然而這樣的體悟卻是用了巨大碎裂所換來，你曾經愛過那樣一個人，他不特別好看，但越看越順眼；他懂得不是最多，卻跟你最有話聊；他常常說冷笑話，但不知怎的，冷在他嘴裡都會變成有溫度。在他身邊，你永遠不會無聊，你們總有說不完的心情、講不膩的話題，你覺得你們相處很好，你們還有共同的習慣、共同的興趣，就連喜歡的顏色都一樣，他什麼都好，但，只有一點不夠好。

某些事，你們的認定不同。你當然知道，再怎麼相像的人也不可能完全一樣，但關鍵就在於，你不認同他的不同。而他的這一點點不好，恰巧就成了你們與愛情的距離，隔開了兩個人，你們離愛就只差了那一點點。於是你開始試著溝通，你想把兩個人的差異拉近，認為這樣愛就會更完美，你也想你們都是大人不要吵架，但不知怎的，不知不覺中，有天和氣竟變成了生氣。

你更沒發現，你口中所謂的「相同」，其實只是要他配合你的不同。而你的離愛更近，到頭來只是把愛推得更遠。

你才驚覺，原來「幾乎要幸福了」是一道咒語，正因為離很近，所以你覺得就快成功；就因為近在眼前，所以你以為就要抵達，然後叫人無法死心。你像是著了魔，奮不顧身、不做他想。要是距離幸福很遠，或許還可以放棄得心甘情願，但就是因為愛情那麼難得，所以你才會見著了就捨不得不要。只是你怎麼也沒想到，你的「幾乎」竟是千里迢迢，你的好不容易走到這裡，其實最不容易的是換個人重新再開始。

你們幾乎要幸福了，只差那麼一點點。但是，愛情從來都是失之毫釐，就差之千里，只有要或不要、有或無，沒有「我們離幸福那麼近」。無論多麼靠近，有間隙就是距離，愛情是一道是非題，沒有中間地帶可以選擇。「幾乎」，說的從來都不是距離愛情有多麼近，而是，你擁有的並不是愛情而已，很後來你才體悟到這件事。

只是當時因為距離愛情太近，所以你眼裡只容得下他，再看不見其他，所以才會執拗地希望他改變。就因為你滿心歡欣，因此一不小心就忘了你們是兩個人，你忽略了他與你本來的不同，更忘了正因為他是他，所以你才會愛上他。原來人們說的「愛情會叫人欣喜若狂」，講的是這件事。你更忘了，一個人無法勉強另一個人改變，因為改變理當包含了自願，若少了就成了強迫，而沒有一個愛情能靠勉強得來。

你希望你們開心，但卻變成傷心；你希望愛情很好，但卻成了你們不好。一開始的本意都是良善，沒有人要故意毀壞，只是愛情本來就很難按部就班，更何況是一個人主宰。

最後你終於懂了，所謂的「幾乎要幸福了」，其實距離幸福還很遠，因為差的那一點點，就是愛情的天涯咫尺。從此你學著在愛一個人的同時，也接納他的所有，不強迫、不勉強，最後再回頭看看自己能否接受，而不是非要對方照著自己的步伐去走。

愛情從來都是失之毫釐，就差之千里，
只有要或不要，
沒有「我們離幸福那麼近」。
無論多麼靠近，
有間隙就是距離。

謝謝你不愛我，我才能放心地先去愛自己

愛情裡，最殘忍的並不是他不愛你，而是，他不愛你卻不打算告訴你。

時間擺到愛情裡並不可貴，因為比起能被愛，一切都太值得。所以你並不怕等待，縱使時間多麼不可依，但只要有萬分之一的機會，你都不想放棄。付出也不拿來炫耀，你知道愛一個人對他好是應該，所以再不打算要求回報，因為你害怕功虧一簣，更害怕自己一說了「不要」他就點頭，所以即使疼也不叫喊，所以才苦也不敢叫停。

當時的你以為，只要他沒有說出「不」，就表示還有希望。你把他的和藹、親切與機會畫上了等號，錙銖必較，然後把自己困在裡面，再渾然不覺。他沒有搖頭，表

示並非否定；他沒有拒絕，表示是一種默許；他沒有新對象，就表示自己有可能……然而，他卻也從來都沒有牽過你的手。禮貌客氣從來都不是一種愛的表現方式，你早就知道，只是在他面前你剛好都忘了。

於是你才懂了，愛情裡的彬彬有禮不好，只要是沒有愛，就什麼都不好。所以，你才要對自己好。

只是你還是有點不服氣，怎麼可能還沒開始就被宣告出局？因此去努力、去用力，它們是你的慰藉，就因為你無法憑藉愛，所以才希望用它們來建構愛。可是愛從來都不是努力就可以得來、可是愛從來都是要溫柔，你們之間有一萬個「可是」，但都抵不過你的一個「只是」。愛情求的是萬分之一的機會，而你仰賴的卻是一個不甘心。

你不信自己的不足夠，但卻在急於追求他的認可，如今才驚覺有點好笑。這也是一種偏執，你認為愛有真命天子，所以覺得他就是那個唯一，其餘你都不要。可是，你卻也忘了，你所謂的「命定」，從頭到尾都是自己的認定，而不是誰的指定。而只要你願意，一定還有個誰可以做到。

所以一直到很後來你才發現，被愛拉著並不殘忍，最殘忍的其實是，不愛還拖著你。說清楚並不殘酷，反而是一種他對你好的方式。你終於可以這樣去想了。

因此現在回頭想，你心存感激，要拒絕一個人也需要勇氣。沒有人想當壞人，更何況是一個沒犯錯的人。你喜歡他，卻是他要背黑鍋，要他當否定你的那個人，當你意識到這一點時，更是滿懷感謝。就因為你太知道人的怯弱以及自保，所以他沒有利用你、沒有浪費你，沒有不愛還拉著你不放，這原來就是一種好的對待，一種難能可貴。你從來都沒有想過有一天你會這樣去想，如此去肯定一個不要自己的人。

跟著你也才明白了，當初自己以為是他讓你支離破碎，但其實他是用另一方式成全了你。就像是當時他所說過的：「你值得更好的對待。」原來是真的，而不是拒絕的藉口。因為當一個人不愛一個人時，也就無法好好去給予，即便勉強去接受了，也像是煮不沸的水，永遠少了溫度，這就是愛的奇妙之處。而當你不再蠻橫跋扈之後，就像是現在，你終於能去理解這句話，並且真心接受。

謝謝你不愛我，還表示得那麼確切，讓我連游移的機會都沒有。謝謝你不愛我，從此我才能放心地先去愛自己。然後，有朝一日，再愛別人。

你們之間有一萬個「可是」，
但都抵不過你的一個「只是」。
愛情求的是萬分之一的機會，
而你仰賴的卻是一個不甘心。

還好，你幸福了

花了好長的時間，你才終於能夠真心去接受，有的人只是生命裡的過客。他們只經過，而不是要住下。

總是用拉扯當作結束。你把所有的不捨，都變成是一種纏繞，念茲在茲，深怕自己遺忘。因為如果他已經忘了，自己千萬要記得，唯有牢記了，才可以一次又一次提醒著他。提醒你們曾經愛多深、曾經多奮不顧身，然後再把它們找回來。他不是不會，只是不小心忘了；他曾經做到過，以後也一定做得到，所以你不能忘，你是你們感情的最後城牆。只是你沒想到，所有的攻打都要有敵人，而你卻不知道自己在與誰對抗。

縱使那麼多次的經驗告訴過你，要走的留不住，強留下的都只是傷心，但你還是捨不得放棄。愛情那麼難、幸福好不容易，所以只要有千萬分之一的機會，你都非試不可。戀愛時，我們都太容易覺得自己是可以改變他的那一個人，他會為自己浪子回頭、脫胎換骨；而分手後，也總是以為他定會反悔、自己可以挽留。就因為自己念舊，所以才會認為對方也是，於是最後一敗塗地。

我們總是高估自己的能耐，而低估了對方的不愛。你的敗筆不在於自己的捨不得，而是自以為對方會捨不得，但卻忘了，愛裡頭的同理心，一旦分開就再也不適用。

所以說祝福還太早，因為你的幸福在他那邊，你不要他退還，因此只好擺在他看得見的地方等他反悔。你當然不會不知道這是一種偏執，但最好笑的也是因為你比誰都清楚這點。不知道錯還繼續做，是一種無知；但知道錯了仍不罷休，便是無藥可醫。

很後來你才明白，要真的可以甘心收手，要嘛就是夠痛，不然就是夠久。痛到不得不鬆手就會放，否則就是等候時間久到可以給你足夠多的體悟，讓你明瞭：自己的時間再不能被浪費、其實自己比他還重要，就能夠回頭。或許事倍功半，卻很有用。

然後，你才終於能走到今天，不再被過往綁架，能夠好好面對現在，進而真心祝福他有新的歸屬。你接受了自己的幸福其實與他無關，此後也才可以重新開始尋找屬於自己的幸福。任何事都是這樣，心都要先清空了，才可以再擺進去其他的東西。也就像是，那時候你以為再也好不了的傷心，現在已經不那麼疼了；當時以為再也止不住的眼淚，現在也終於不哭了。也就是因為這樣，你才可以如此去想，那顆以為再也交不出去的心，或許有天也會被收留，不再是傷弓之鳥。

從把強留當作是一種努力，再到把淚眼變成微笑相送，最後終於可以讓迴避成為雲淡風輕，所有的好不容易，都要走過了才能夠變得容易。

還好你幸福了，這就表示你從我這邊一定學到了些什麼，生命交付在我們兩人之間的課題已經完成，而我也終於可以卸下。我們的緣分，終於繫上了禮物的結，此後再不延續。你的幸福與我無關，但卻使我相信，一定也會有一份屬於自己的幸福，最後你這樣體悟到，並且開始懷抱希望，而不是失望。

從把強留當作是一種努力，
再到把淚眼變成微笑相送，
所有的好不容易，
都要走過了才能夠變得容易。

收件人：害怕一個人的______

Dear,

再怎麼喜歡，可我們也就只能一起走一段，
時間到了就該散了。
關係到盡頭了就不應該再認真了。

我很不服氣，不是不想要，而是要不起。

覺得這是一種妥協，但其實是對自己的善待。
不勉強不屬於自己的，才能讓自己屬於自己。

祝 好。

CHAPTER 4.

致，愛的有效期限

—— 那時候我是認真打算要跟你在一起一輩子的，
真的。
只是，愛情沒有跟上來。

我們從來都沒有適合過

「我們哪裡不適合了？」至今你還記得，自己用盡全身力氣朝著他吼叫的畫面。

你不能承認你們不適合，因為一旦承認了，就等於是前功盡棄，你以前的那些堅持、那些煎熬，都會變成只是一場白費。所以你不能夠承認，你寧願承認是自己還不夠努力、還做得不夠好，所以你們才好不了。不夠你就添加、不好你就再做得更多，但就是不能夠說：「我們並不適合。」因為這樣的話是一次次的否定，不只否定了愛，更是否定了你的存在。

雖然你也不知道還要努力多久，還要走多遠才能夠看到彼岸，但唯一確定的是，只要說了「不」就表示一切都將結束，什麼機會都沒有。這幾乎是你的最後一絲希望，你只能緊抓不放。你怕的是，其實你們只差一點點，只要再多努力一下就可以成功，你們就會處得很好了，就能同步了，就讓人人稱羨了。於是才會一次又一次地說服自己再堅持。「再一次」成了你的座右銘，然而你沒想到每次的再一次，其實都是還有下次。

你的再努力一下，成了永無止境的重播影片，像是個壞掉的磁盤，過程則充滿淚水。沒有人是完全適合的，但也不是誰都可以合適。

只是當時的你也並不明白自己為何會如此堅持，可能是之前情人的背棄讓你怕了，於是就像孤獨的旅人遇到同伴那樣不肯離去；也或許是前面無疾而終的戀愛讓你慌了，決定從此不重蹈覆轍。當時的辛苦，都在事後想起來才覺得苦，當下只有不在乎。

以前的你會覺得，所謂的「不適合」，其實只是「不夠努力」的代名詞，沒有適不適合，只是有沒有心。所以你才會那麼努力，拚了命地奮力著，只要愛還在就好。

只是很後來你才發現，愛情裡只有努力並不夠。努力是基本，任何事都要用心誠意，但卻無法當成最大的憑藉。你那麼努力啊！怎麼最後兩個人還是散了？可若是當愛情只有努力，最後將連愛都留不住。這也是你很後來才體悟到的事。

適不適合並沒有標準答案，也沒有範本可以依循，如同別人覺得好的在你身上不一定適用，但不變的是，任何事都有其限度。快樂有，努力也有。每個人的忍痛程度不同，勉不勉強、同不同步只有自己清楚，所以你只能找出自己的，並在還沒遍體鱗傷的時候喊停。

終於你不再為了他覺得自己什麼都可以，因為愛情絕非只要你可以或他可以就好，而是要兩方都可以。這是一種在愛裡的誠實，你開始回應自己內心的感受，而不是把愛擺在前頭，然後再看不見其他。自己要先好了，愛情才有可能會好。而你更知道的是，適不適合其實也跟時間有關，現在的你追不上他，但來日若有緣的話或許就能夠同步。但這也並不是表示自己將會等待那日的來臨，意思是，如果有一日你們真的能同步了，或許就會自然走在一起了。

「我們從來都沒有適合過，所以才會一直這麼辛苦。」只要肯承認了這件事，也終於能夠放過自己了。以後的事很難說，但重要的是此刻的確切，不適合的再用力磨合也只是兩敗俱傷，而現在的你們就是沒有更多的適合。接受彼此的不適合，其實也是說明了在某處還有更適合的人在等待自己，你懂了，於是能夠不再勉強了。

愛情始終都很難，你不要自己沒有盡力就放棄，同時也學會努力過了就放開手。接受問題的存在，於是問題就不再存在了。

你的再努力一下，
成了永無止境的影片重播，
像是個壞掉的磁盤。
沒有人是完全適合的，
但也不是誰都可以合適。

偷走未來的人

「是在什麼時候，他決定不要自己了？」在他決計離開而你喚不回來以後，你第一個想到的是這件事，先是追問他，在得不到答案之後，於是反過來逼問自己。

一定有那樣的時刻，你很肯定。是在某個週末的爭吵？或是上次出門旅行時途中發生的彆扭？又或是哪天執意非要穿他不喜歡的衣服？一定有一個時間點，他突然就下定了決心不要這段感情，然後決定投入另外一個人的懷抱。總是這樣，所有的話語都是從別人的口中傳來，你永遠都是最後一個知道，原來，已經有好長一段時間，你都在吃三個人的晚餐。然而，劈腿是一回事，但選擇另一個人而不要自己，又是另一回事。因此，你想要知道自己究竟是在何時疏忽了什麼，現在才會落得被遺棄的下場。

你並不是一個遲鈍的人，但怎麼會如此後知後覺？更因為如此，所以才追問得更緊。你們不總是愉快，兩個人在一起總會有些小摩擦，愛情本來就不是一種完美，所以你不以為意。愛情，本來就包含了小石子，你不能要求路上沒有崎嶇，但可以想辦法將它們解決。學習合力搬走路上的障礙，再一起往前走，而這，就是兩個人在一起的意義，也是兩個人之間，之所以稱為「愛」，而不單單只是「喜歡」的差別。

於是你才發現了，原來你所謂的「後知後覺」，全都是源於自己從來都沒有想要離開他的念頭，所以才會以為他跟自己一樣這樣想。你因為愛的信念，才丟掉了愛。

接著，你開始覺得「別人」偷走了你的未來。你原本有的計畫，關於未來日子的一切幸福設想：藍色的牆面、白色的沙發，還有透明玻璃材質大碗……你對於家的所有美好想像，就因為「別人」的出現，現在都宣告破滅。那些你曾經賴以避風遮雨的地方，現在有另一個人住了進去；那些你花了那麼長時間辛苦打造而出的堡壘，只消一瞬間就崩塌。你始終不懂的是，怎麼會這麼脆弱？那些費盡心思的對待，是在何時變成了食之無味。所以你拚了命地在問。

既然他決計不再回來了，你就得要得到為什麼，這個「為什麼」是你的保命仙丹，是你對往後愛的憑藉依循。你想，如果他給不了你未來，那麼，至少就要給個答案。

那時候的你也以為，只要得到個「為什麼」，就可以天下太平，所以才不顧一切追著答案跑。只是那時你沒發現，雖然他已經遠走了，但你的視線卻沒離開過他，就像是你們還在一起一樣，你的眼裡還是只有他。這竟是一種變相的依戀，你不過是用了另一種方式把自己託付給他。以前，你跟他要未來；現在，則是跟他乞討從前，只是你沒發現而已。

再稍微清醒一點之後你才更懂了，原來是自己把選擇題變成了是非題，在絕對的黑白裡頭打轉，進而被困在裡頭；也就像是，你一直想從他身上得到解藥，其實只要自己願意鬆開手、低下頭，就會發現原來始終都在自己的手上。而你大部分的傷心，都是源自過去你和他的點滴、過去你和他的美好片段，你覺得再也不屬於你了。有人把你原本的美好過去，變成了一種淚腺刺激，一碰就淚留不止。你痛苦的，其實是這件事。

然而，並沒有誰可以真的偷走誰的未來，因為未來還沒有發生，而現在發生都已經叫曾經。至於你的過去，除非是自己不想要，不然都會是你的，沒有人可以拿走。你懂了，所以開始學著不把過去當作未來去過，自己去篩選回憶的好與壞、留與走，不再被受傷的過去綁架，然後，還能保有勇氣再去愛另一個人。

有人把你原本的美好過去，
變成了一種淚腺刺激，
一碰就淚留不止。
你痛苦的，其實是這件事。

還沒睡嗎？
還在等他的那句
「晚安」嗎？

不如這樣吧，
對自己說「晚安」，
他給不了的你自己給予。
對自己好點。

因為害怕一個人，所以從此變成都是一個人

在許多時候，之所以無法離開一個不好的人，常常不是因為多麼愛對方，而更可能是因為，害怕。

所謂的「害怕」，並不是說你若走了，他會更加不善待自己、不對自己好；而是你害怕自己若是不要他了，從此之後就是一個人。曾經有很長一段時間你都是一個人，單獨吃飯、單獨散步、單獨看電影，甚至你還養成了和自己說話的習慣，你用耳機聽音樂，覺得這樣樂聲可以直衝心底，但不知怎的，你還是覺得安靜，只有寂寞持續喧譁，再大的音樂聲都掩蓋不掉心跳聲，你慌張了起來，所以你才跟自己說話。唯有這樣，才讓你覺得有個人在身邊。但常常說著、說著就笑了，笑著、笑著，眼淚就掉了下來。

當時身邊有再多的陪伴都只是彰顯了你的孤單，他們都進不了你的心裡，笑聲越大也只更加照亮了你的寂寞。

所以，你怕了。所以才會眼看愛再不如預期，但也只能拿過去那些曾有過的好來豢養未來，至此死守著，不多聞問。你沒有選擇權，也不要選擇權。只要他不走，你就不會是一個人；只要他不走，自己就不會落單，這樣就很足夠。痛，你可以忍，但落單了，你無法忍受。於是你才驚覺，原來自己的愛情並不是建立在喜歡對方上頭，而是恐懼自己。你用了一種你沒發現的方式保全了自己最珍視的愛，然而卻是跟愛的初衷背道而馳。你終於覺得好笑。

原來，愛情最可怕的並不是分手，而是你曾經嘗過兩個人的美好，所以從此就惦記著，於是再也回不到一個人的狀態。你的一個人，其實都是以兩個人為前提。

然而，他還是走了。留下一地慘烈過後的滿目瘡痍，你措手不及、也收拾不了，甚至想不出來自己是錯過了哪個情節，所以從此被拖著；傷口也好不了，一碰就發疼，於是你開始害怕愛情。一種關於愛的反撲，就像是海底地震後的海嘯，你來不及逃，轉眼就被吞沒。接著，你也覺得愛情到頭來都是傷人，就像是當初自己拚了性命，最後還是落得一個人。而那時有多麼用力，現在復原就有多麼吃力。所以再更後來，你抗拒愛情。

你不再相信愛情，好心有好報在愛裡並不適用，這是你親身驗證得來的結論。那些你曾經追求的、嚮往的，跟著也得到但最終卻又還回去的，一次次削減了你對愛的信心，於是你告訴自己，既然得不到，那就逃。只要躲起來不讓愛找到，它就再也傷不了你。你用最粗糙的方法治療傷口，就是去否定它。但沒想到還是不得安寧，整夜寂寞都在空氣裡叫囂，你才發現，原來自己只是別過了頭，但始終都站在原地，至此，愛情的癥結才慢慢清晰。

你從沒想到，那時自己因為害怕是一個人，所以才離不開一個人。但你沒想到也是因為如此，讓自己從此都是一個人。

於是，到了最後你才懂了，凡事都有因果，愛情也是，一段關係的維持也不能單靠一個人努力，更不能仰賴一人來讓自己不感覺孤單。因為，害怕落單而去愛人，會容易把是非顛倒，越愛越錯。因此後來你慢慢學習在愛裡自處、一個人的時候跟自己獨處。這樣，以後不管有沒有愛，都會很好。

愛情最可怕的並不是分手，
而是你曾經嘗過兩個人的美好，
於是就再也回不到一個人的狀態。
你的一個人，
其實都是以兩個人為前提。

體貼跟愛一樣，都要被珍惜了才能成立

比起偷吃、劈腿，甚至是假裝單身，更叫你無法原諒的其實是，他對另一個人說：「我跟她，在一起不快樂。」

因為這是一種否定，他先是承認了你們的關係，但跟著又推翻。這比起一開始他就撒謊佯裝自己沒有另一半，來得更叫人難以忍受。一個人會對另一個人假裝自己是單身，都是為了想要從對方身上獲得一點什麼，他讓渡你的名分作為交換，就像是跟惡魔交換靈魂一樣。你早就不是小孩子，已經體悟過現實的殘酷，所以怎麼會不知道他的企圖。或許你可以接受一個人偶爾的幼稚任性，甚至是有時候的貪玩，但利用了自己，則是完全不同層次的事情。

單身，說明的是，我現在是一個人，所以我們有任何的可能性；而感情不美滿，示意的則是，我雖然不是單身，但並不開心，而且很有可能不久就會分手。憂傷而痛苦，是男人魅力的添加劑，男人比女人懂這件事，這也是你很後來才發現到的事。他不僅撒謊，還把你拖下水。在這其中，你最難以忍受的是，他把你當作籌碼，去跟另一個人討價還價，他不單是欺騙了他人，還用你來博取同情。他不只是假裝單身，而是把你變成了該負責的那一方，在另一個人的眼中，你成了感情不美滿的罪魁禍首，你最無法釋懷的其實是這件事。

那一瞬間，你突然覺得自己就像是個嬰兒，而他是抱著你逛超市的單身男人，他用你來吸引目光，你不僅毫無反抗能力，還成了幫凶。

其實，你當然懂他的情緒，因為就連你偶爾都會想要逃。跟一個人在一起那麼長一段時間，相處也由新鮮趨於平淡，有時你會感到恐懼，你害怕自己是不是已經、即將錯過什麼？是不是就要被日常給吞沒？是不是即將就這樣衰老？你也會有想要任意妄為的想法。因此你才會努力在開口責備之前，先試著去理解。你可以體諒他會有想要透氣的念頭，就如同鯨魚浮上水面呼吸，但是，最終仍得回到水裡生活。

也就像是你也明白，所謂的「穩定」，指的不應該是「沒有感覺了」，而是你們適應了兩個人的生活，在裡頭過得自在安適，這是磨合再加上時間經歷的認可，而不是一種用來說明兩個人關係食之無味的示意。兩個人的穩定關係，是一種收穫，而不是用來使壞的藉口。

你知道人會犯錯，你從來都不要求對方完美，也過了追求完美的年紀。這是之前的經驗帶給你的教訓，但同時，你更學會，退到了最後，能夠支撐兩個人下去的唯有珍惜，去珍惜對方對自己的好。兩個互相珍惜的人，才有機會能一起往下走，而不是半途而廢。也就是那時候你也才懂，撒謊，原來也講心意。你當然也不是鼓勵犯錯，只是學著去接受人的不完美。

最後的最後，你還是要自己努力去理解他，如同聆聽自己的聲音一樣，這是自己對愛情的負責，但同時也學會設好底線。那些所有因為愛而衍生出的體貼與包容，你都心甘情願，但並不包含被恣意揮霍、胡亂使用，你小心翼翼，不讓自己的愛成了一種浪費。

不管是體貼或體諒，都需要被珍惜才能成立，也就像是愛。否則，就只是一種一廂情願，一種不被理解的對待。這也是你的體悟。

不管是體貼或體諒，
都需要被珍惜才能成立，
也就像是愛。
否則，就只是一種一廂情願。

每個人都只有一個一輩子，
也就像是，
你不會再遇見第二個我。

否定，並不是一種離開的方式

用否定一個人來切斷與他的關聯，其實並不是拋下他的方式，反而比較像是拖著他一起走路。

然而，這卻是最簡單的方式。你把它當成一個愛情的數學公式，一旦加了就該用減法去抵銷，就像是他所有的對你好，讓你深陷其中而導致現在無法自拔，只要把它們都消除了，也就可以把現在加諸在自己身上的苦痛給一併刪去，你就能痊癒。你一度認為這樣是對的，但後來才發現到，因為他離開了，而你不想走，所以才會用這樣的方式與他維持關聯，就像是你們還有關係一樣。你不想要「前任情人」的稱謂，你想要保留與他共喜共悲的權利。

所以，你讓自己過得不好。一開始你以為這是一種不得不，他毫無預警拋下了你，你怎麼可能會好？成天哭、不進食，你把所有他對你的負心轉換成實際的行為，加諸在自己身上。你藉由懲罰當作報復，只不過對象是自己。如果這能讓他因此產生一點愧疚的話，就好。

因為如果一個人對另一個人有情緒的話，就表示還有感覺，你聽過這樣一句話，因而懷抱著一絲希望。但在清醒之後你才明白，原來自己當時所謂的「不得不」，其實都是自己的「默許」，甚至帶了點刻意，因為一個人可以對自己好，可是你卻也沒有努力讓自己好起來。你沒有努力想要痊癒。

就像溺水，你不打算掙扎，只是發出聲響，希望可以引起岸上的人注意，而你所有對自己不好的表現，就是那些喊叫，目的是招喚離去的人回眸。

也就像是「他曾經對你那麼好，所以才讓你離不開他」這樣的話，其實只是一種變相為自己脫罪而已。因為，若一個人可以狠心決絕離開自己，就表示自己也同樣做得到才是。你比他念舊，那就不要心急，花點時間交付處理，而不是至此沉溺。在大多時候，離不開一個人，終究只是自己的問題而已。就像是你當初決定跟他在一起了，也是自己的意志。

跟著你也才更了解到，自己之所以去否定他，並不是真心認為他不好，他要是真的那麼糟，你現在也不會傷心欲絕。而是，其實你是藉由否定他來認同自己，因為他不好，所以才會負心離開；因為他是壞的，所以才會狠心遠走……而不是因為自己不好，所以他才不要這段感情。只要把問題丟到他的身上，就不會是自己的責任，原來，這竟是一種自保的方式，不讓自己被摧毀。

否定他，只能獲得短暫的安慰，就像是受傷忍痛時期的麻醉藥劑，目的只用來緩和疼痛，但卻並不是治療傷口的藥方。真正的解藥從來都不在他人身上，而是先去認同自己。認同並不是自己不夠好才被拋下，跟著才有辦法不讓它變成負累，擋在未來的前頭。而人，不能依靠麻醉劑生活，必須有感受滋味的能力才能稱作是活著。

最終，你再不要用否定他去讓自己好起來，而是想讓自己快樂而去變好。拋下所有有關他的，不管是好的、壞的，承認你們再無關聯，關於你們的悲喜也無須再掛念，才是真正的離開，也才能真正的往前。單單你想要自己快樂起來，就是不眷戀過去的最好理由。

否定他，只能獲得短暫的安慰，
就像是受傷忍痛時期的麻醉藥劑，
目的只用來緩和疼痛，
但卻並不是治療傷口的藥方。

身上的傷疤，不如心裡的豁達

「哪有那麼容易可以忘掉一個人，如果這麼簡單就能忘掉，那一定就是愛得不夠深，不是嗎？」你在書裡看到這樣的句子，耳朵彷彿聽到嘶吼，聲音轟隆隆。你先是有點驚訝，跟著像是看見了以前的自己。

你清楚知道，這句話其實並不真的是責怪，而是一種求饒。因為，你也曾是那樣的自己。因為一個人離開了，所以就堅持等在原地不走，這樣若他想回來的話，立即就可以找到你。你把淚水當作是對他的一種召喚，成天以淚洗面。你沒有想要傷害自己，而是如果他不要自己了，那你也就不打算珍惜了。他是你愛護自己的理由，即便他轉身了都還是，你的進退都還在他身上，你沒有想過其他可能，也不打算去找其他的可能，所有你想要的，你也只想要他給予，即使遍體鱗傷也毫不在意。你也經歷過這些，所以明白。

那時候的你，總以為就是因為愛得越深切，所以才會傷受得越是重，因此你不以為意，也不以傷疤為恥，甚至，還當它是一種炫耀。即便嘴裡說著想忘掉，但心裡卻緊抓著不肯放。因為，你把痛的程度與愛的深淺畫上等號，越是痛不欲生，心裡面就越是隱隱感到驕傲。你寧願自己愛得濃烈，也不要清淺，你是這樣去看待著自己的愛情。你為自己的專心一志感到驕傲。可是一直到大了點之後，你才發現這裡頭包含最多的從來都不是愛的深淺，而只是自己對愛的偏執而已。

一個人怎麼去理解愛，愛就會用同樣的方式回應你，就像是那些拉扯與自憐，最後都會再回到自己身上。再後來你才能理解這件事。

你曾聽過一句話：「自己是什麼樣的人，就會跟什麼樣的人在一起。」原來其實是這個意思，就因為自己迷戀悲傷的情節、迷信眼淚與心碎，所以就會招惹到這樣的愛情。可是，受了傷的人，總只顧著自憐，而忘了該往他處張望，才會以為這是唯一的選擇。你這也才驚覺，這竟是一種物以類聚，一直站在陰影底下的人，怎能冀望可以曬到太陽。在某次你看到鏡中蒼白的自己，才意識到這件事，不健康的心情報應到了你的身體上來，你不僅愛情面目全非，就連面容也都已經模糊，只剩下一張眼就了然的受難者姿態，它成了你的標誌。你驚嚇不已。當初你以為他已經奪走你的最好，但沒想到是自己雪上加霜。連自己都不站在自己這邊。

跟著你才懂了，傷痛或許是證明了愛過，疤痕也可以是走過的痕跡，但卻不是用來當作慰藉的工具。身上的傷疤，遠不如心裡的豁達。你以為只要他離開，自己就會不好，但卻忘了，現在的自己已經不好，你終於大夢初醒。

但也只有真的走過了，才會明白所有愛裡的悲傷，不管是淚水或心碎，如果你願意，其實都能過去。你可以把它們當作是一種經過，而不是最後的結果。而你口中的身不由己，其實都是自己的選擇。所有的悲喜其實自己都可以是個守門員，為自己篩選。你也是這樣走過來的，所以更相信只要自己願意，所有的過不去都可以過成一種回憶。

終於你已經不用再把傷疤當成是愛的證明，也不再把回首當成是一種未來，而是開始走在陽光底下，讓它蒸發一身的淚水。

「自己是什麼樣的人，就會跟什麼樣的人在一起。」

一直站在陰影底下的人，怎能冀望可以曬到太陽。

偶爾，在街上看見與他相似的人，
仍會奪去你的呼吸。

但卻清楚知道那不再是愛情，
而只是回憶的影子。

真心話。
小心輕放

過著、過著，就過成了一個人

其實，你從來都沒有打算要過獨身生活，一直以來，那都不是你的優先。只是有好長一段時間，你一個人認真地過日子、在尋常的生活裡盡可能對自己好，但不知道為什麼，過著、過著，就過成了一個人。

兩年？還是三年？你已經有點記不清楚，上一段戀情是在何時結束的，你並沒有刻意去記憶，更沒有逼自己去遺忘，你已經過了張揚傷口的時期，懵懂衝撞的年紀也已經離開了你，只是回憶會在日復一日的日常裡給抹平，漸漸只留下輪廓，淡化掉細節。而當時受了點傷，挨到了今天也終於成了一種雲淡風輕，或者還稱不上是談笑風生，但也終於不用再小心翼翼、欲言又止，擔心一不注意就會招惹傷心。

一開始，你只是打算先休息一下子而已。尤其在經歷過一段掏心掏肺、丟掉自己的感情之後，是該花些時間整理，然後把自己找回來才是。至少你是這麼打算的。半年也好，即使是一年的時間都不嫌長，你沒有確切的時程表，更不打算強迫自己按部就班，因為你的生活終於不用再依循某個誰的計畫，過去有好長一段時間你都是那樣生活著。

當然也說不上多麼辛苦，只是現在只要管自己意願就可以，自己說了就算數，你已經許久沒有這樣的感受，所以格外珍惜。也說不上是得來不易，你從來都沒有想要與誰分手，一個人生活是經歷幾次的跌跌撞撞才得以學會既來之則安之。

也就像是無意識的落淚，在某天就突然停止了，就像是當初的不聲不響，有天等你想起來時，才發現自己已經很久不再哭泣。你終於脫離了當魚的日子。

於是你聽從別人的建議，開始全心全意對自己好，以前因為另一個人存在而跟著必須讓渡出去的東西，你都一一要回來了，慢跑、逛街、聚會、偶爾上夜店，然後隨心所欲穿上自己喜歡的衣服……這些都是你一個人作主，不需要徵求誰的同意，失而復得，你歡欣不已。

你越來越好看了，不只是外表的光采，而是發自內心的容光煥發，你很喜歡這樣的自己。只是不知怎的，與你的益發動人相反，之後你就再也沒有談過一場正式的戀愛。然後，等到你發現自己已經習慣一個人生活時，終於緊張了起來。

當然，你如此迷人，所以會有人喜歡，你也試著去赴約，但最後都用不了了之收場。一直到某天，某個約會的對象拋下一句：「你太愛自己了。」然後離你而去，你才感到驚訝並大受打擊。你不明白，對自己好怎麼會有錯？每個人不是都說要先愛自己，才能夠去愛別人嗎？你百思不得其解。好，還有不對的嗎？

很後來你才了解，時間很公平，每個人的都一樣長，沒有誰會多得到一些，差別只是分配比例的問題而已。可能就是這麼一點點的差異，就決定了一段感情的去留、萌芽或早夭。跟著，你也才想到，其實這跟兩個人在一起時一樣，都需要達到一種平衡，感情才能夠維持。情境不同，但道理卻相通。若自己懷抱有朝一日想要再跟某個誰牽手的想望時，這樣的拉扯就永遠都會存在，不是只要單身了，時間就都會是屬於自己的。

原來，愛自己與愛別人，從來都不該是衝突，而該是一種平衡。愛情或許不公平，但卻沒有不勞而獲；付出的也不一定能夠得到回報，但不去努力，就永遠沒有收穫。你懂了，你還是會繼續愛自己，但同時也準備好要再為另一個人付出。

也就像是無意識的落淚，
在某天就突然停止了，
等你想起來時，
才發現自己已經很久不再哭泣。
你終於脫離了當魚的日子。

就連想念你，
都顯得太過奢侈了。

收件人：雙人床空了一半的＿＿＿＿＿

Dear,

日子過得越長，就越要學會不在乎。

對傷人的話不在乎、對不必要在意的人事物不在乎、
對傷過心的事不在乎、
然後，你才會有力氣對該在乎的人在乎。

沒有誰非要誰不可，
但在身邊的，就別忘了去珍惜。

祝 好。

CHAPTER 5.

致，無法對分的傷心

——分手後最難的，
是把「我們」變成「我」跟「你」，
以後我們共有的只剩「各自傷心」了。

離開了，就別再說你想我

舊情人的「我想你」，從來都不是一種他對你的甜蜜示意，而是你對過去的警惕。碎裂了幾次之後，你終於才能清醒。

那段時間，等待是你的生活重心，日子再佐以心軟調和，如此加乘。你不敢承認自己還在等他，甚至你連想都不敢想，雖然你心裡還有他，但不能承認，承認就是輸了。只是，也只有你自己明白，其實心底的期待就如同風裡的火燭一樣，小心翼翼、微微顫顫。就像是你小時候迷信，願望只要說了就不會成真一樣，你不敢張揚，只能默默在夜裡祈禱。你還站在原地，就是最好的證明。你要他找得到你，你害怕他如果要回來，會找不到你。

終於，他回來了。你先是不可置信，接著慶賀自己的好運。心誠則靈，皇天不負苦心人。你歡欣鼓舞，眼裡的哀傷一下就被喜悅給占據。是的，他先是不要了你、丟下狼狽的你，然後又旋風似的說要回來，你卻覺得自己無比幸運，後來才開始覺得好笑。只是當時的你沒有發現這點，因為你的身心狀態始終都是兩個人，而不是一個人。

分手後最難的時差，原來是把「我們」變成「你跟他」，就像是在亞洲過美洲的時間，日夜顛倒，只是你渾然不覺，直到有天身體發出警訊。

若還有愛，分手的戀人當然可以復合。天下沒有不散的筵席，但也沒有永遠的敵人，「愛」始終都是兩個要不要繼續這一點最關鍵，其餘考量都只是附屬。你如此思考，懷抱著這次會永久的可能，直到再次破滅。於是你開始說著「再也無法再原諒他了」、「生命裡再也沒有這個人存在了」，你用他的辜負來信誓旦旦，希望藉由強烈的言詞來加強自己的決心。可是這些強硬，只消他的一句「我想你」就會再融化。

「要男人說出第二次『我想你』，需要多大的勇氣，這次一定是下了很大的決心。」第一次或許是不經意，但第二次就是真心。所以他又回來了。愛始終都是你的首要，寧可錯愛也不要錯過，真心無價。可是，他仍是又離開了。豈止手足無措，你根本驚魂未定，也忘了這回離開的理由是什麼，也或者是，每次他要離開的原因你都不記得，你只惦記的是如何要他回來。你從來都不是健忘的人，但卻忘了其實自己善於欺騙自己。

你也把他的「我想你」當成「對不起」來看待，那是他的歉意、他的示弱，所以輕易就能原諒。對於所愛，我們都無法殘忍，只是沒想到對他的仁慈，最後常常都是以另一種負面的形式加倍回到自己身上。就像是，從說著無法原諒他，到最後變成了無法原諒自己。你責怪一再心軟的自己。他犯的錯，在你的身上結了果，讓你覺得是自己的錯。這點最是可怕。

一直到最後你才發現，他的「我想你」其實跟愛無關，而是跟寂寞比較有關。只是因為那是自己的語彙，所以才覺得對方也是如此。

於是你也才驚覺，他的「我想你」其實更像是種任性。因為後悔了、因為寂寞了，所以才又想起你，所以才又回頭找你，就像是過去不曾發生似的。那些一聽到訊息鈴聲心就一揪、那些睜眼看著天色發白的日子，彷彿再也不算數一樣。他用他的「想」要將你的心碎給一筆勾銷。人是會痊癒的動物，但敷衍並不是治療的方式。

所以，離開後不要再說「我想你」，因為你已經是你、我也早就是我，請不要再用「想」把你跟我變成「我們」。想，不是連接詞。如果只是想我，而我不是你最終的嚮往，請把「想」留在自己身邊，這樣對你跟我，才都是最好。

分手後最難的時差，
原來是把「我們」變成「你跟他」，
就像是在亞洲過美洲的時間，日夜顛倒，
而你渾然不覺。

刪掉他的帳號
無法讓你重新開始。
但，至少可以讓你確定，
你們是再也無關的兩個人了。

不急著原諒

原諒的第一步，是去思考對方為什麼會犯錯？這是一種體諒，拋下自己受傷的心，然後試著站在他的角度去思考，心同理了，步伐才有可能一致。

但這也就是為什麼原諒會這麼難，因為明明壞的是對方，傷的是自己，但卻還要替他想。「你不要替他著想，因為當他犯錯的時候，就已經不是替自己著想。」類似這樣的話語在你心裡不斷重播，提醒著你的傷口，想忘都忘不了。曾有的甜蜜誓言現在都成了一種嘲諷，一張開眼就在耳邊喋喋不休。所以原諒才如此不簡單，因為你的力氣所剩無幾，只能拿來為自己療傷。你只能要他來體諒你的受傷，欠了就要還、犯了錯就要盡力彌補，而不是去顧及他的心情。

但很後來你才明白，原來當自己開始思考著「為什麼我要替他想？那誰來替我想？」，就是往原諒的反方向去了。因為這就表示自己已經在愛裡分出了你跟我，而不再是用「我們」去觀望未來。這當然是一種計較，因為受傷的前提都是在於「我付出了這麼多，然而你卻這樣對我」，兩個人花了好長時間才整理出來的同心，只消一場大雨就兵荒馬亂，難以收拾。只要一次挫敗，就發現原來一直以為的堅固都是一觸即潰。

思考對方為什麼會犯錯，目的是找出解套方法；但只是去指責對方的錯，要的只是對方的道歉而已。兩者看起來有點像，但其實完全不一樣。

可是，你當然有悲傷的權利。當深信的被摧毀、認定的被拋棄之後，是有悲不可抑的資格，沒有誰會責備你的心碎。甚至眼淚也是好的，讓情緒有了一個出口，而不是在心裡氾濫成災。每個人復原能力與方式不同，你要找出自己的，但不要誤以為悲傷是解答、是你以後的憑藉。原諒向來都很難，難的不只是原諒那個曾經一起度過那麼多時光卻仍犯錯的人，難的是你忍不住會拿他的錯來否定過去的美好。

這時候，也一定會有很多的耳語，勸著合、罵著分，再說著不要輕易原諒。但越是這樣，越要靜下來聆聽自己心裡的聲音，別人的意見都只是意見，就像是你們的感情是你們的一樣，冷暖自知。談戀愛，始終都不是為了給誰交代，而是對自己有所交代。你跟他是怎麼一路走到現在，經歷過了什麼，只有你最清楚。而你又是該考量什麼、凝視什麼，也只有你最知道。

他在你心裡頭多有分量，現在就會有多少的難過。你的悲傷與憤怒都是源自於此。只有自己愛的人能夠傷害自己，說的原來是這個意思。

如果還無法原諒那個傷害你的人，沒關係，不要急著去原諒，也不一定非要原諒不可。因為，不管原不原諒他，都要記得先原諒自己。把自己擺到優先，不再是以他或你們為考量，讓自己快樂了，才有力氣講其他。如果心裡有疙瘩，就不要勉強自己非要繼續往下，需要平復的時間若他等不了，也不要強求。不用非要他等待，不要把等待當作一種補償，若他想與你一起，你轉頭就會看到他。

他犯了錯，不要先去急著檢討他的錯誤，也不要把他的錯變成是自己的一樣去承擔，先擁抱自己，先把那個快樂的自己找回來，而不是在苦痛裡拖著，這樣才會好，才會好得比較快。

原諒向來都很難，
難的不只是原諒那個
曾經一起度過那麼多時光卻仍犯錯的人，
難的是你忍不住會拿他的錯
來否定過去的美好。

傷害不是負負得正，傷心也從來都無法對分

原來，報復最可怕之處並不在於自己的壞心眼，而是，你不過是用了另一種形式，把自己的心情又寄託給他。

你因為他的悲慘而歡欣、你以他的傷疤當戰績，怎麼你的心情還是由他決定？那些你以為自己已經拿回來的，以為終於可以做自己、不用去聞問他的感受的，原來到頭來又依附在他身上，只是你沒發現還沾沾自喜。一場徒勞無功的炫耀。你以為你們斷得很乾淨，你早已決心不回頭看他，但一低頭卻發現自己的手還緊握著。清醒之後，你才有了這樣的體悟。

當然你曾有過那樣的念頭，而且很多次，希望他可以痛苦，跟你一樣。在他狠心

拋下你、無論你怎麼央求，他都決意不回來之後，愛衍生出了恨，最後再結出了報復的果。原來，人們說的「愛與恨是一起的」是真的。那時的你更曾經想過，如果你們的愛情已經半途而廢，至少這件事要有始有終，但立即就覺得自己可笑。你的荒謬不是在於自己把愛情跟報復畫上等號，而是，自己竟然如此認真地思索報復這件事。

因為別人給不了回報，所以自己才回以報復，就因為得不償失，才讓你氣急攻心，忘了愛情從來都不是一分耕耘一分收穫。你一直都知道這道理，只是你始終顧著看他，所以忘了照看自己。

而有好幾次，甚至你都開始付諸了行動，不過最後仍是半途而廢。因為你是個好人、因為你有副好心腸，天生無法做壞人的事；更因為，你突然驚覺，如果當自己淚流滿面他都仍無動於衷時，自己心腸的好或壞，就更再也與他無關。你的悲喜，從此都該是自己的。你對他的所有生氣，到頭來都只會是一場白費力氣。

當時你也才明白了，報復的定義是：他離開了，但你的時間還是他的。你的算計、你的進退、你的感受，都還是以他為依據，就像是你們還在一起一樣。原來，你報復的對象竟是自己。

你用自己的生活去交換他的生活，然後再依循著往下活，但你們卻早已經沒有了關聯。他不過是以另一種形式與一起你生活著，他仍舊是你的中心，而且還是自己的自願。他還是你的太陽，只不過你是土星，離得很遠很遠，但仍繞著他轉。愛不只讓你變得卑微，還讓你把它當作依歸，更何況對方再沒有愛的話，連卑微都失去了立足的理由。

被負時，我們總是想著要兩敗俱傷，沒有你好、我壞的道理，他給予你的痛苦，你也想要回報，你曾以為這是一種公平正義，但到頭來，卻發現往往只是在自己的傷口上又刮上一刀而已。你這才懂了，傷害並不是負負得正，也不是苦口良藥，只有損人不利己、得不償失。痛苦無法拆分，不是可以你一半、我一半，所割讓出去的，拿回來的從來都只有心傷。

最後你也才懂了，他的無法給予，再不是對你的虧欠。愛不是討價還價，而是一種自願，所以你才不能違背他的意願。你終於明白了，原來不去惦記想著對誰報復，就是一種對自己的好、對自己的不浪費。

如果已逝的人再留不住，也請不要留下傷心。每段愛情都有喜有悲，你學習不對那些沒得到的再念念不忘，而是努力用已經擁有的來修復自己。你試著往前邁步，看見新的風景，而不是原地徘徊凝視一片荒涼。

他不過是以另一種形式與一起你生活著，
他還是你的太陽，
只不過你是土星，離得很遠很遠，
但仍繞著他轉。

不再覺得自己對你而言
是重要的存在。
不是對自己殘忍、
也不是不在意了，
而是終於放過自己了。

給負心人的致謝信

沒有一個人會想要傷疤當紀念，如果可以一生都順遂地長大，那多麼好。但是，要是不小心跌了跤的話，也請記得要帶走些收穫。

其實你在很早之前就發現了，什麼「痛苦讓人成長」或是「傷痕是活著的證明」這些話語，終究都只是安慰人的言語。因為，從來都沒有人規定人生應該是什麼樣子，既然如此，那麼傷痛、疤痕就不是必須，充其量它們只能拿來讓自己的人生更有滋味，而不是依循它們去生活。也就像是愛情，不是非要受傷才能證明深愛，愛情從來都不是要使人無依，而是要讓人能有所依。

可是，若冀望永遠都不會受傷，也是一種天真。因為，很可能是自己的一時大意，不小心就在皮膚上劃出血絲；或是總會遇到一些傷害自己的人，所以就弄得渾身傷痕累累，然後，會以為再也好不了、以為從此以後再也沒人會對自己好。而在這其中最可怕的是，你覺得自己不再美好。你用失敗的愛情來否定自己，不管是非，丟掉的不只是他，也包含自己；破敗的不僅是愛，更是自己。

就像是負了你心的人，已經離開了幾個年頭，但你仍記得他的那些狠心對待，他的殘酷理由都還在你耳邊。你曾以為這僅僅是一種不甘心，但很後來才明瞭這竟是一種變相的惦記。因為遠離的人已經不見蹤影，眼前只剩下自己，所以你才以此來證明愛情真實存在過。一地心碎，是你們相愛一場後的唯一證據。

當時的你也沒發現，自己用最多的時間與力氣在證明的，其實都只是已經消逝的東西。因為，不管它是否曾經存在，唯一確定的都只是，現在已經都不在。這是很後來之後，你才知曉的事。

可是，你終於還是好了。雖然花了一點時間，比想像中久，也比想像中辛苦，但其實所有的難關也都是這樣，一旦度過了，就會發現沒那麼艱難，這是種回首來時路才會有的感嘆。也或者根本說不上是真的痊癒，你還是偶爾會想起那些痛。人一旦改變了，從此就會不一樣，可不同的是，你再也不會時常去惦記著那些傷人的記憶，拿來反覆咀嚼，以為其中可以得到養分。你開始把它們當作是生命裡的一個經過與歷程，僅僅是如此，這就是它們的意義，你再不去賦予更多。這是時間交付給你的禮物。

而那個曾經背棄你的人，你終於慢慢才學會不責怪，也就因為如此，你才懂了，原來這其實是一個肯定的過程。你把那些他曾經給予、然後卻又帶走的，重新給找了回來。那些你對愛的初衷，在經過磨難之後更顯得清晰。跟著你也更明白了，任何事過不過得去，其實都跟手上抓得牢不牢有關。留下或汰換，獲得或失去，都是自己的心給了它方向，原來自始至終，自己都還有決定權。

從被人珍惜，到再不被想要，變成自己也把自己給拋棄，最後，又慢慢重建起自己。每個人的愛情歷程都相近，但獲得卻可以大不相同。走了一遭之後，你終於才體悟到這件事。

最後，你想謝謝曾經負你的人，因為他們，你才確定了，原來自己值得被更好的人深愛。是他們用離開告訴了你，你永遠都不該被敷衍地對待。不管是蓄意或無意，你都學著將它變成是一種意義；無論是真心或負心，也都不要再為他繼續傷心。

從被人珍惜，到再不被想要，
變成自己也把自己給拋棄，
最後，又慢慢重建起自己。
每個人的愛情歷程都相近，
但獲得卻大不相同。

最大的心機：無辜的男人

你最不願承認的事實其實是，三角戀裡面要有三個人才能成立，自己、她，還有你們的「他」。沒有他的允許，無論再怎麼想要，誰都介入不了。

當清楚意識到這件事情時，你哭得比發現有第三者時還要慘，因為不管介入的是什麼人，幾乎都算是一個與自己不相干的外人。因此，那個人可以不顧你的心情、不問你的感受，只管拿自己要的東西，是偷是搶都沒關係，只要最後得到手就可以。只有外人才能夠不去理會你受不受傷，因為你對她而言無關緊要、無足輕重，在她的眼裡，你只是一個抽象的詞彙——他的女朋友——並不是一個有血有肉的人。

而他，卻是你過去那麼長一段日子相依的人，你幾乎把他視為親人，你們互相扶持、互相傾訴，然後擁抱，就因為如此親密，所以你才把一切都交給了他。你花了很多時間才累積出那些信任，你相信他會對你好、你相信他不會傷害你……他給的承諾你都信以為真了，你相信了自己可以去相信他。所以打擊才會這麼大。

你最大的打擊並不是因為有個人介入了你們的愛情，而是，你發現自己原來只是他的外人，所以他才會如此不顧慮到你。

當然，你也想過很多的可能性，想過他有諸多的不得已、千百個他的苦衷，所以才不小心招惹了第三者。你不僅要他合理化錯誤，甚至連自己都幫忙說服自己。你這才驚覺，自己竟然一不小心就成為他劈腿的幫凶。他騙了你，你卻還在幫他找理由。

也因此，當他說著：「是對方主動的……」、「我拒絕過她，但她一直倒貼……」或是什麼「朝夕相處、日久生情」的話語時，你差點就要信了。再跟著，當他在你面前淚眼婆娑，要你的原諒時，你幾乎就要心軟。一個巴掌拍不響，很小就學過的事情，怎麼現在全都忘了？他有手也有腳，任何的決定都包含著一定程度的自願，沒有誰真的可以勉強得了誰。

他犯了錯，卻要你收拾；他犯了錯，卻覺得自己沒有錯；他犯了錯，卻要讓你覺得都是對方的錯。

原來，「無辜」才是愛情裡的最大心機，終於你也懂了。他眼看著事情變化並默許，但只要不先主動，最後就可以把責任推給第三者。不是他的錯、不是他的問題，都是對方……在那一瞬間，他彷彿是一個無辜單純的小孩，沒有了自主權、睜大眼睛望著眼前的一地破碎，一種無辜的姿態。突然間，你想起了《史瑞克》裡的長靴貓，而你是那個被耍得團團轉的騎兵。他越是表現得無辜，你就越是受傷。

人會犯錯，尤其對於自己深愛的人更是不忍苛責，這是一種人之常情。但憑藉著自己對他的愛便為所欲為，則是一種利用。

你相信人會改善，因此很願意去原諒做了壞事的人，但不知反省，則另當別論。所以在責罵第三者之前，你開始先學著去看清楚眼前的人。裝無辜，不是一種認錯的方式，承認犯錯，才是。你懂這點，這是你捍衛自己的愛情的一種方式。

他犯了錯，卻還要你收拾；
他犯了錯，卻覺得自己沒有錯；
他犯了錯，但卻要讓你覺得都是對方的錯。

不阻撓你追求你想要的幸福，
是對你最大的祝福。

即使你的幸福裡頭
並不包括了我。

在祝福他之前，你要先祝福自己

能夠祝福那個離開自己的人，不是要展現自己的氣度，因為愛情本來就是一種專屬，而是，若可以真心這樣去想了，是一種已經痊癒的示意。

受了傷的人無法擁有更多的心力去祝福人，常常就連讓自己康復的力氣都沒有了，怎麼還會有多餘的可以給予，更何況是辜負自己的人。即便嘴上說著好聽的話，但其實心裡都在抗拒，所以後來的你早就學會不逞強。不去勉強自己非要成就別人口中所謂的大氣，也不必非要口是心非假裝自己沒事，有事就是有事、不好就是不好，不必誇大、不必遮掩，如果已經沒有一個誰需要負責，至少你要做好自己，而不是滿足某個誰眼中的自己。

但這也不是非要去詛咒對方不可。因為你也曾經這麼做過，甚至把所有的力氣都用來想讓他過得不好，你的所有心力都還是在他身上，只不過是換了個方式，然而就跟他的執意分離一樣，最後只落得他的不痛不癢，以及兩個人關係的不乾不脆，還有自己永無止境的心力交瘁。你很不服氣，所以才會一遍遍嘗試，再一次次只換回更大的撕裂。因此，你學乖了。

咒罵對方其實只是一種對他的牽腸掛肚，浪費的氣力也只不過是折磨了自己，而不是對方。

也就是這樣經歷過之後，你才能夠發現，所謂的「教訓」是指從錯誤中得到知識，然而，要能認同自己犯了錯，卻是更難的功課。你付出那麼多、你為他改變那麼多，你已經把自己最好的都給予了，怎麼他還覺得不足夠？你不能承認自己的不對，因為認錯了，就真的是全盤皆輸，也就再沒有挽回的機會。但就像是在錯的路上找對的方向一樣，無論再怎麼竭心盡力也永遠都抵達不了目的地。只是當時的你不懂，才會一意孤行，才會即使原地打轉了還執迷不悟。

所有被拋下的人都無法甘心，因為那是一種對自己付出的否定，更是一種對自己的否定，所以才會遲遲無法康復，才會急著要從對方身上再要得一些回應，然後再用他的一言一行來肯定自己。跟著你才驚覺，這竟是一種變相的請求，以前你用對方的回饋來獲得愛的感受，現在則用對方的回應來安慰自己。最後你才體悟到，原來認同自己的錯，才是康復的開始。

必須先承認自己的不完美，如此才能理解對方也不夠完美；跟著也才可以有機會去思考清楚對方並不真的適合自己；最後，才能從桎梏中掙脫出來。以前你追求完美的戀愛，但後來也是不完美救了你。而人們口中所說的什麼「放手讓他走」、「真心給予他祝福」，原來都有先後順序，要是略過了其中一道就無法真心誠意，也就學不好。

所以，在祝福他之前，你學著先祝福自己。先試著給自己力量，最後才會有餘力可以給別人。餘力，就表示是多出來的，唯有健康的人才給得起。

因此，當有日自己可以打從心底去祝福曾經傷害過自己的人時，就說明了「過去」已經過去，而不是自己的別開頭去。你再不用費盡心力掩蓋，而是讓那些曾經用一種安靜平和的方式處在你的記憶裡，你終於可以跟它們共處，而不只是逃離。這樣，就是一種痊癒的象徵。

在祝福他之前，
你學著先祝福自己。
先試著給自己力量，
最後才會有餘力可以給別人。
餘力，唯有健康的人才給得起。

如果留不住你，
那也不要留下傷心，
我們只剩下簡單的回憶。

收件人：不小心弄丟自己的＿＿＿＿＿＿

Dear,

世界上最愚蠢的事情是：

為了不值得的人繼續付出；

請求不愛自己的人把愛給自己；

以及努力留在一段只有傷心的關係裡。

沒有誰應該愛誰，但只有你能決定自己想要的愛。

沒有心了就不要再為他傷心，

沒有愛了就記得愛自己。

祝 好。

CHAPTER 6.

致，很配得上的愛

—— 或許，愛情從來都沒有配不配，
只有愛與不愛、要或不要。

很配得上的愛

自我否定的陷阱。原來，我們常常在不知不覺中做出自我否定的舉動而不自知，尤其在愛情裡更是。

男：「為什麼好人總是會喜歡上對自己不好的人？」

女：「因為，我們覺得自己只配得上這種愛。」

電影《壁花男孩》裡只消兩句台詞，就硬生生揭露了你的傷口，你被迫直視，還來不及感覺到痛，淚水已經率先發難，眼眶滲出的水跟著滴到了心上，你一身濕淋淋。那些你從來沒有承認的，在眼淚的洗刷下跟著清晰了起來，然後你開始指責自己的不夠爭氣。

你想起了那些以為會永遠，但卻總是以「我們不適合」當作結尾的愛情，而每告別一個人，你就多讓渡了些什麼出去。所謂的「讓渡」，並不是指那些因為愛一個人而給予的付出，而是因為失去了一個誰，所以在往後的戀愛裡頭都降低了自己的要求。你讓渡了自己最原先對愛的想望來成全一段關係。你並非刻意這麼做，只是隨著一段段早夭的關係，跟著也折損了你對自己的信心，自己是否不夠好，所以才會留不住人？自己是否總是犯錯，因此才會被背棄？然後一直到了今天，你終於不再覺得自己配得上好的愛情了。於是，常常趕在你仔細思考之前，直覺已經先替你下了決定。

很後來你才發現，這其實是一種關於愛的洗腦。受傷的記憶加深了自己的偏執，先是烙印在心底、跟著也刻劃進了腦子裡，至此深信不疑。

你早就過了以轟轟烈烈為依歸的年紀，因此沒有想要刻意讓自己受到傷害，甚至你的預設都是一種對傷心的亟欲避免，只是你沒想到的是，自己認為的保護，最後卻都回過頭來使自己受傷。那些你以為會讓愛情更容易的取捨，怎麼最後都只剩下不可得。你這才懂了，原來自己並不是選擇了自己值得的人，而是挑選了自己配得上的人。你的思維不是想著要讓自己快樂，思考最多的只是如何去避免受到傷害。你的出發點，原來都不是為了愛。

然而，其實你心裡也明白，自己並非是真的全然不知情，所以才會讓電影台詞招惹眼淚，只不過是你刻意去忽略。因為只要不看到，就可以當作不存在。這也是在碰撞過多次以後所習得的心得：不要自找麻煩。只不過你口中的那個「麻煩」，說的是自己。你猜，這或許更是某種程度的自保舉動，只要對方跟自己匹配了，就不會顯得不足；只要對方跟自己接近了，就不會被拋下。你並不是守舊的人，但人們口中的「門當戶對」，你用了另一種形式去實踐了，只是自己渾然不覺。到頭來，你才驚覺自己所有行為竟都只是一種自我否定而已。

跟著你也才明白了，你深覺自己的不爭氣，不是指明知不可為還為之，而是自己默許了所有的不可為。

可是、可是，愛情從來都沒有所謂的容易，每一場成得了的愛情，大多都是千瘡百孔後的開花結果。而「不要自己，只要愛情」只是一種口號，因為愛情從來都無法不留下自己、而留得住他人，「自己」向來都是愛情的前提，因為愛裡要有兩個人才可以成立。只是我們總容易以為只要多給予些什麼，愛情就可以取得平衡，所以才會習慣這樣去努力，而否定自己也是同樣的道理。

你懂了，於是至此以後，終於不再拿否定自己去建立愛情。你希望是堅定了自己後，愛情才跟著堅固，因為這是一種牢固愛情的方式，而不寄望別人支撐你的愛情。你也不再覺得配不配得上怎樣的愛，而是去想，自己總是值得更好的對待，然後為此繼續去努力。

原來你並不是選擇了自己值得的人，
而是挑選了自己配得上的人。
你的思維不是想著要讓自己快樂，
思考最多的只是如何去避免受到傷害。

大多數時候，
自己離不開一個人，
其實是不想離開。
若你不想清醒，
別人也搖不醒。

習慣被討好的人

就因為自己是客氣禮貌的人，所以才會以為其他人也相同。無功不受祿，但原來並不是每個人都這樣想。因為痛了，所以跟著也懂了。

好跟愛情沒有關聯，很早你就知道這件事，因此再不以付出為收穫，以為給出了什麼就能夠拿到一點什麼，對於付出你已經可以做到不去聞問。可是，若對方接受了自己給予的好呢？這樣是否可以視為是一種進展？又算不算一種關於愛的累積呢？單向的付出，就像是送了禮被退還一樣，至少可以確認了對方的心意，然後可以用此當作進退的依據，可是若對方收下了呢？是否就該、就可以懷抱著希望？

他收下我的好，所以表示有機會，起碼不是拒絕：他收下我的好，等於是在鼓勵我繼續：他收下了我的好，因此代表以後還有無限的可能……你用了一萬個「他收下我的好」當起始，後面填上了所有你想得到的關於好的聯想，並懷抱著欣喜。所以，你還在對他好、再更好一點，然後，有一天他就會也對自己那麼好。他的收下你的好，是你最大的憑藉，彷彿在黑暗蜿蜒的路上，照亮了方向引你前進一樣。只是你沒想到，路的盡頭是懸崖，而他沒有拉你一把，你一不小心就粉身碎骨。

摔下山谷的你終於有機會看到滿天星斗，也才懂了，他收下了你的好，最終也就只是收下了，如此而已。而你當時以為的光亮，不過只是火的餘燼罷了。

但你仍舊不了解的是，他不是收下自己的好了嗎？為什麼不要你？自小我們就被告誡，待人有禮和善，不應該拿不屬於自己的東西，因為一旦拿了就要回報。禮尚往來。愛情裡也是一樣，因為收下了就等於接受了，這些話你都謹記在心。因此，當有人收下你的好的時候，你自然就把它當成是一種前進的示意，不做他想。原來是自己被教育得太好了，所以才會以為別人的基準也相同，最後你這樣體悟到。

而這其實也是一種拿好去交換愛的形式，只是因為很幽微，所以你才忽略。當然，這並不是說喜歡一人不應該對他好，或是對一個人好都是一種計算，而是，因為喜歡而去付出給予的本身就是收穫，就是一種關於愛的回報。除此之外，其他的假想都只是假設，而不是必然。

懷抱著對愛的期許的信念去給予，但不要是為了完成期許而去付出，這樣才可以過得安適，而不時時提心吊膽、不得安寧。

也就是那次重摔之後，你終於能去理解到，原來，有的人總習慣被討好。他們接受別人的好，不以為意，愛情裡頭的願打願挨他們比誰都清楚，就因為不偷不搶，所以才有恃無恐，最後再用裝傻作為結尾，但自始至終你也都無法指責他什麼。對他們的好，在他們眼中只是一種點綴，或是一種屬於人生的戰績，從來都不包含責任。你明白了，同時也學會了收起怨懟。

所有的關係都是一樣，你只能先求於己，去努力、去盡心，然後再設下停損點。

學著在愛裡不過了頭，也不要回不了頭，無論是怎樣的給予都不要損壞了愛的信念。人有好有壞，愛情也是一樣，在擁有好的愛情之前，先確保自己也是好的，這樣愛情來的時候才也會好。

他收下了你的好，
最終也就只是收下了而已，如此而已。
而你當時以為的光亮，
不過只是火的餘燼罷了。

談了一場面目模糊的戀愛

就像是生物的演進一樣，你學會了偽裝，而這些偽裝其實都是一種自我保護。保護愛情不會磨損，再保護自己不會因為折損了愛也跟著受傷。一種關於愛的演化。

「會有人愛上這樣的我嗎？」當時的自己一定是懷抱著這樣的心情去愛人的吧，之後你不禁如此去想。在還沒有開始前，就先設想壞的結果；在還未戀愛前，就先預演悲傷情節，就因為這樣，所以才會加倍小心翼翼，不斷提問。

愛情很難，你不要敗在自己的手上。也就因為不確定自己是否會被愛，所以才在還沒有把自己交付出去之前，就先學會包裝自己。你用糖衣包裹了自己的自信心缺乏。

這當然不能算得上是一種欺瞞，你還是自己，只是稍做了修飾，如此而已。你並沒有變成另外一個截然不同的人，你還是對得起自己的良心，夜晚仍舊睡得好。因為在所有愛的最初始，每個人總是會希望把自己最好的一面呈現出來，更迷人的自己、更討喜的自己，更叫他會喜歡上的自己，一種關於愛的隱惡揚善。展現自己的好，從來都不是一件壞事，會壞事的，從來都是在於其中的落差，很後來你才終於懂了這件事。

愛情本來就包含了一點的討好以及取悅，可是所有的討好，都不應該與真實的自己背道而馳。

也所以在稍微清醒一點後你才明白，包裝跟偽裝乍看有點像，所以會叫人分辨不清，一不小心就過了界而自己渾然不覺。他若喜歡藍色，你便捨棄粉紅；他若喜歡夏日，你就可以不過花季。當時你並沒有覺得這樣有什麼不對，因為你也不覺得委屈，面對愛，總是要學會包容與修飾，在一起就是一種互相，你盡力去做到。只是不知怎的，你的不委屈，某日竟變成了是一種常態，就像是說了一個謊之後，往後的日子就得不斷圓謊，一直到某一天，自己就只能活在謊言裡頭。你喜歡藍色、你喜歡驕陽，你喜歡了他的喜歡，開始忘了自己喜歡什麼。

原來，自己竟是面目模糊地在談戀愛，然後還想用這樣面目得到真實的愛情，到了最後你才覺得有點好笑。

一開始你是懷疑真實的自己會不會被喜歡，現在則是擔心再也做不回真實的自己，進退兩難。當初你因為不想愛情敗在自己身上，所以挖空心思，但沒想到最後也是自己在雪上加霜。你的好意，都成了對自己的一種變相的否定，只是擺在被愛面前，自己可以是次選，所以你才忽略。

「如果他不能接受最差的你，也就不配擁有最好的你。」突然間你想起這一句話，於是大夢初醒。

原來，愛別人的第一步是先做自己，不用刻意造作、更不用故意醜化測試，而是去當最舒服的自己，因為要先讓自己覺得安適了，愛情才會舒適。更因為唯有對方愛上的是真實的自己，愛情才不會虛假，他也才不會輕易就動搖。你懂了，今後你努力讓自己的愛真實，而不是用模糊的面目去經營愛情。

你喜歡了他的喜歡，
開始忘了自己喜歡什麼。
就像是說了一個謊之後，
往後的日子就得不斷圓謊，
一直到某一天，自己就只能活在謊言裡頭。

你不需要努力討好，
才能覺得自己可以被愛。
僅僅你是你，
就值得被愛。

因為不喜歡自己，所以才去喜歡別人

曾經，你以為自己是愛情動物。因為你從年輕時就開始戀愛，即使有的時候難免單身，但也總在追求愛的路上行進著。你的生活充斥著愛，若是沒有，也會努力去尋找，你從來就沒有放棄過與一個誰相愛的機會。你喜歡兩個人的世界，在裡頭感到安穩、快樂，愛情是你抵抗現實的方式，它能給你安全感。所以，你不要一個人。你可以只要愛情，不要自己。

然而，即便你是如此看重愛情，愛情並沒有給你相對的回饋。你還是談了一場又一場的戀愛，時長時短，更多時候是就連確立都還來不及便夭折。你當然沮喪過，所有責怪老天爺不公平的字眼你都咒罵過；你也檢討過自己，懷疑是不是哪邊做得不好，所以才一直跌跌撞撞，但到頭來愛情還是不夠好。你找不出癥結，只能加倍去付出，因為你知道自己不能灰心，一旦放棄愛情，你怕自己從此都是一個人。你什麼都不怕，就只怕落單。

所以你才拚了命去愛人，也所以即使弄丟自己找不回來，也要先把愛找回來。你一度以為這是一種崇高，後來才發現其實更像是貶低自己。

然後，在某一回的傷心欲絕之中，當朋友問你：「你非要他回來的理由是什麼？」時，你竟然答不出來。一開始你用「愛本來就是盲目的」當回應，如此理直氣壯、不假思索，因為愛情本來就是情感多於理智，所以當然無法理性分析，喜歡就是喜歡了，沒有為什麼。當時你真心如此以為，然後以此為憑藉在裡頭感到安心。跟著在碰撞過幾回之後，一次又一次的心碎與一次又一次的「你喜歡他哪裡呢？」終於你也開始反問自己。因為語塞，你的思緒才逐漸清晰。

也就是那時候你才發現，自己之所以愛上一個誰，其實並不是因為自己喜歡對方，而僅僅是因為對方喜歡自己。你藉由另一個人對自己的喜歡，來肯定自己的好、來驗證自己原來是好的，所以才喜歡上對方。你的喜歡別人，自始至終原來都只是因為不喜歡自己，所以需要經由另一個人來喜歡自己。原來，你其實是在跟別人要快樂。因為，當一個人不喜歡自己時，就會無法忍受跟自己相處，所以更會益發覺得外在的事物特別吸引人，然後希望藉由外在的事物來讓自己開心。

你這才懂了，就因為不喜歡自己，因此跟自己有關的一切都會跟著被否定，也才會如此需要別人的認定。

也所以，你才那麼容易不快樂。只要是落單，你就會發慌，因為你從來都沒有學會跟自己相處，你的世界一直都要有另一個人，即使是一個人的時候，也是一種隨時準備要兩個人的汲汲營營。你的世界，是靠另一個誰來建構，他們的言語是你的磚頭、眼神是你的屋瓦，而你只是住在裡面，然後以為房子是自己蓋的。原來，你的世界從來都是包含在另一個人的世界裡頭。

終於在繞了一圈之後，你開始學習愛，去學習在愛別人之前，先愛自己。然後，希望這個喜歡自己的自己，某天會有一個誰也喜歡上。你不再把快樂寄託在另一個人身上，而是自己去找到快樂。

所以你才拚了命去愛人，
也所以即使弄丟自己找不回來，
也要先把愛找回來。
你一度以為這是一種崇高，
後來才發現其實更像是貶低自己。

愛得像個傻瓜一樣，
但不要愛得像是一個笑話。

給予，不是希望對方愛你，而是你想先對得起自己

可以區分出「給予」跟「付出」的差別，就是往更好的地方去相愛的開始。終於，你可以如此去想了。

付出跟給予不太一樣，付出比較像是帶有目的性，自己先是拋出了一點，然後希望可以得到一些回來，帶了一點得失的味道；而給予，則是更多了一些不求回報的意味。因為愛一個人，所以想給、自動自發，裡頭不包含計較，給予本身就是目的與起源。這兩者的差別或許些微，但對於愛情的影響卻很大，就像是附和答應與真心接受不同，卻會主導事物的去留一樣。

你猜自己之所以能感受到其中的差別，是因為自己長大了，遇到的對象也不太相

同了的關係。年紀小一點的時候，只忙著追尋愛的感受，過分在意對方的一言一行，一不小心就受傷；不會表達自己，但卻希望別人了解；自尊心很強，但卻又小心翼翼，一直到後來你才懂，原來這全是因為自己的心不夠安穩的關係。就因為自己在擺盪，所以會急於找一個人來當依靠，好藉此穩固自己。

那時候的你還不知道什麼是給予，因為你所有的對待，都是為了最後能夠回歸到自己身上的安全感。你把安全感當作是愛。

也因此，在當時遇到的對象都是同樣的一種人、吸引而來的也都是同一種人，最後愛情再不可避免地以類似的原因敗壞，然後告終。你曾以為這是一種對人的偏好，但經歷了之後，你才慢慢有了新的理解，原來其實並不是自己一直都在尋找同一種人，而是因為自己所處的狀態，眼裡看到的只會是那樣的人而已。命運並沒有替你安排誰出現，而是冥冥中自己做了篩選。

一直到年紀大了一點、所依靠的崩塌了幾次之後，你才體悟到原來真正的安全感是源自於自己的內心，而不是外在。以前你總把最大的氣力拿來建構別人，然後再依靠他；現在則是練習如何建構自己，因為唯有自己的基地打穩，之後無論是怎樣的風雨都打不倒。也因為開始學習照顧自己之後，你終於能懂了給予與付出的差別。

跟著，遇到的對象也開始不同了，就如同自己逐漸收拾起青澀一樣；而更讓你驚訝的是，即便是同樣對待，但得到的回應也不同了。這不僅僅是對象的差異，更重要的差別是自己看事情的方式不一樣了。你甚至會訝異怎麼自己以前從來不曾感受過這些？不過只是心境轉了而已，眼界也跟著逐漸不同，於是你也才想到，付出跟給予，其實在很大的程度上，也只是思考的方式不同了而已。

因為不再只注視自己，才能夠去感受到其他人，也才可以即使是在同樣的道路上，能看到其他的風景。

而能夠去給予了，其實也就是一種安適的表彰。因為唯有自己不需要再時時照看自己了，才可以有餘力去好好對待另一個人。終於你懂了，去給予，並不是為了要獲得對方回饋什麼，僅僅只是這是一種關於愛的回應與盡心。你努力去愛對方，最大的考量不是要對方也愛你，而是想要對自己的愛情負責，然後看會走到哪裡。也就像是，你愛一個誰不是為了對得起誰，只是想對得起自己，如此而已。

因為不再只注視自己，
才能夠去感受到其他人，
也才可以即使是在同樣的道路上，
能看到其他的風景。

多少次說著要走了，
其實是在乞求你留住我。

所有的幸福，都是從自己出發

「是不是注定無法得到幸福？」每碎裂一次，你就這樣詢問自己一次，然後再隨著每次的自問自答，信心又瓦解了一些。

一開始你不是這樣的啊，你意氣風發、談笑風生，用自己的本能愛著人，不勉強也不委屈，在愛裡頭悠然自得，彷彿不用特別使力就可以得到關注，人們所說的「愛情很難」都不曾在你身上驗證。然後直到第一次的心碎，你終於才開始質疑起自己。他的離開不只是終結了你的愛情，更是一次巨大的推翻，你的初衷、你的信仰，你所以為的關於愛的定義，都伴隨著他的遠走而一起消散了，留下的只是一地的懷疑。

你也這樣想，是不是每個人的幸福都有額度?而自己因為一開始的幸運，所以時至今日已經被揮霍光了。光這樣想到，你在夜裡就無法成眠。你檢討起自己，你一定犯什麼錯，所以他才會走，你要把它們找出來，一一訂正；同時你也開始尋求他人的建議，旁觀者清，他們一定看到了許多你沒發現的東西，你不怕改錯，只怕再沒有愛的可能。

一直到後來你才驚覺，你的改錯原來竟是一種對自己的全盤否定。因為掌握不了愛的不可預測，所以才把問題都歸納到自己身上，希望換得多一點的好運。

可是，聆聽自己的聲音、做自己，要是這麼想的話，一定會被說這是一種任性吧！「相愛是兩個人的事，所以你不能只想著自己。」多少次你被這樣告誡過，他們都是過來人，都是好不容易從頹敗的廢墟中站了起來，所以一定有其道理，因此你信以為真。再者，你以前就是只聽自己的聲音，所以才落得現在的下場，因此加倍小心謹慎，不重蹈覆轍。

然而，你卻還是談不好戀愛，即使是兩個人了，你仍然會覺得無法由衷地感到開心。你當然明白愛情不會只有好的，偶爾會有讓人不愉快的地方，這道理你都明白，但心裡面的空洞卻也是千真萬確。你的心裡空了一塊，像是踩在軟綿綿潮濕的土地上，毫不踏實。也就是因為這樣你才明白了，你的不快樂是來自於你對自己的忽略。這並不是指對方不對自己好，而是你只顧慮對方的心情，而忘了自己的。

愛情是你要對對方好，但並不是一味地付出，因為單方面不顧自己感受地替對方著想，只是一種討好。而所有的喜歡，都應該是要從讓自己開心開始。

以前的你只顧及自己想法，後來只考慮對方，最後又變回開始聆聽自己，雖然結果看起來很像，但本質卻大不相同。就像是繞了一圈又站回原地一樣，地點一樣，但心境卻再不相同，因為這樣去感受自己的心情，是一種篩選後的結果。你不再單單只是專注於自己，而是去理解與判斷對方後，再回頭問自己的需要。你替對方著想，但也關心自己的感受，知道什麼該讓步，而什麼又是不該。而經由這樣所得到的答案，比什麼都堅固，就再也不容易被毀壞。而這樣的堅固全是來自於你對自己的認知。

你理解了自己是怎樣的一個人，包含好的跟壞的，你都肯定，然後也尊重自己的聲音。這原來才是愛情教會你的功課，它不只要你學著愛人，但也要學會愛自己。

從憑本能去愛人，到學習別人的方法去相愛，然後再找回自己的愛情，這都是一種經歷，幫助你釐清自己與自己的想望。原來，自己才是所有幸福的起源，因為所謂的幸福都是要從自己出發，先滿足了自己，才有可能可以去滿足另外一個人。你明白了，以後都要很努力這樣去做到。

愛情是你要對對方好，
但並不是一味地付出，
因為單方面不顧自己感受地替對方著想，
只是一種討好。

愛了、過了，值得了

真正讓你覺得自己終於長大成人了，是從你不再拿失敗的愛情來衡量自己的價值，也可以不再用它來否定自己的那個時刻。

你不記得自己是怎麼走到今天這裡的，不，應該是說你怎麼會記得自己是如何變成現在這個樣子的？因為每一次的戀愛，你都是抱持著「這是最後一次」的決心去實踐，你把所有心力都拿去愛對方了，怎麼還會有餘力去記得自己的艱辛。所以，你也數不清究竟得到了多少教訓，才能修成這樣的果，這是一種唯有經歷了、也過了，才會有的感慨。甚至，你也已經可以懷抱著一點的感激去看待前人了。

你想所有的事都是這樣的，在還沒有發生前，並不會知道自己究竟會遭遇到什麼？就像是那些不在你設想中的人、你從來都沒預期會與他談一場愛戀的人，他們先是出現，然後離開，每個人都帶走了些什麼，卻也都留下了什麼。挫折也是，每回你總以為「這次終於會長久了」，但又在一陣錯愕喧譁中戛然而止。差別只是當時你還沒學會處理傷心，所以只留得下一地的心碎，再沒有其他。

之後你才明白了，每件事都是有得有失，魚與熊掌兼得只是一種難得。不過以前的你不懂，只專注自己的失去，才會把獲得也給一起搞丟。

當時你也常常以為自己愛得不值得，只要沒有修成正果的愛就都是不好，那是你評斷一段感情價值的依據。沒得到自己想要的，就是壞的，至少稱不上是好。那時候你談戀愛的方式也很簡單，你只管注視著愛，有愛就好，只要有愛就什麼難題都可以克服。

只是你忘了，愛從來都不會減少彼此的差異，真要克服的話，還需要兩個人同心協力才行。愛雖然是前提，但並不是特效藥，原來當時的你誤解了。

但就因為當時的你只管愛，從來都不管合不合適，所以才會在他決意離開的時候傷心得不能自已。因為你的眼裡從來都沒有「不適合」這個選項，那不在你的預期範圍，所以你根本就沒有防禦機制，因此才會老是一蹶不振。

很後來你才懂，原來並不是他讓你傷心了，是你讓自己把自己擺到了傷心裡頭動彈不得。當然愛一個人的時候要全心全意，但並不是要你盲目，這樣才有機會把自己在適當的時機救回來。

一直到受的傷痊癒之後，你才能體悟到，原來每段愛情都是值得的。只要是用心愛過了，它一定都會給了你些什麼，只是不一定是自己想要，或是因為別開臉去所以才看不見。但至少，它會堅定了自己的需要，或是告訴了你哪些是你不需要的。即便最終只是看清楚了哪些是自己不要的，也都是一種收穫，因為它幫助你可以去釐清自己。它讓你有機會去重新審視自己，然後期許以後可以不再愛得不清不楚。

終於你可以如此去想了，你開始學著接受愛裡面的所有給予，而不是只顧著拿自己要的。你也不再以成敗來衡量愛的價值，而是以它之外的獲得當作依據。

那些人先是出現，
然後離開，
每個人都帶走了些什麼，
卻也都留下了什麼。

學會不打擾回憶，
就能與日子相安無事。
他是他、你是你，
各自生活，
也別奢侈了懷念。

不管有沒有愛，都要很好

把自己的好寄託在另一人身上，最可怕的並非愛情是自己的全部，而是有日若愛情沒了，自己也會跟著崩塌。

常常，認同自己是一件很難的事。肯定自己的好、堅信自己值得被好好地對待並不容易，可能是因為太多的挫折，或是幾次被拋下的經歷，跟著也動搖了你對自己的信心。那些離開的人，不僅僅只是帶走你的愛情，也一併讓你否定了那些曾經所堅信的。此後，你開始過著暗無天日的生活，日與夜對你來說並無差別，它們都只是一種時間運行的方式，再無其他意義。

也就是因為這樣，當有日某個誰出現，開始對自己好時，你才會受寵若驚。他對你好，才讓你覺得自己原來很好；他對你好，也讓你再次重拾了信心，終於你又開始肯定自己。只是當時的你因為欣喜若狂，所以沒注意到這樣其實很危險，也才忘了原來自己不過是把對自己的認同，建立在另一個人對自己的對待上而已，就像是過去那些摧毀你的一樣，只不過現在換了個方向，但本質卻一樣。你還是藉由另一個人來辨識自己，而不是打從心底去堅定自己。

一開始就把自己與愛情建築在鬆軟的土地上，不管地基打得再深，只要一陣狂風暴雨，輕易就會毀壞。

再後來一點你才發現，原來自己之所以這麼患得患失、之所以在愛裡總是無法自主，原來並不是因為自己多愛對方，而是因為你害怕對方一旦離開了，以後是不是還會有人來愛自己？你的愛是建立在害怕上頭，你用對未來的恐懼來綁架了現在，只是忘了若現在的自己都已經不好了，那又要怎麼去談以後。愛情並不是忍耐力比賽，不是誰忍受得多，就會得到幸福。

跟著你也更明白了，自己之所以這麼容易就被愛擊倒，其實並不是因為沒有愛，而是因為自己一個人時一直都是不好。就因為自己不快樂，所以才希望別人給予快樂，你把自己寄託在另一個人身上，從他身上獲取養分來豢養自己，從來都不是自給自足。你對自己好的方式，都是從他身上得來的，就因為如此，才會有朝一日他離開了，自己也就跟著不見。你不僅失去愛情，同時也失去自己，才會老是一蹶不振。終於，你找到癥結，於是甦醒。

你要在愛情裡可以很好，但不是非要愛情好了，自己才會好。

自己應該是最了解自己的人，你花了這麼久的時間才認識自己，可是不知怎的，只要一談起戀愛，你就會開始覺得自己陌生，你會做出以為自己不會做的決定、你會原諒對方到討厭自己，最糟糕的是，你會變成自己瞧不起的那種人。所以你曾經對此感到沮喪，然後再加倍去否定自己，可是也就是這樣經歷過幾回之後，最後你才能發現自己在愛裡的樣子是什麼，自己的底線在哪裡，知道往後日子不應該再過了頭，學會節制。

就如同因為失去過了，所以今後才不能再害怕失去。過程很難、很苦，每次都以為再也撐不下去，常常痛得也不敢再要，可也就像是跌倒一樣，讓你學會了站起來，當然你還是害怕受傷，但至少知道如何替自己療傷。終於受傷並不只是一無是處。

從今以後，你不再去想著「以後還會不會有人愛我？」而是去思考，如何讓自己變得更好。你不再因為害怕未知的以後，而賠上現在的快樂，你開始學著讓自己每一刻過得好，然後等有日某個誰出現了，就已經準備好。而更重要的是，不管有沒有愛，自己都要很好。

就因為自己不快樂，
所以才希望別人給予快樂，
你把自己寄託在另一個人身上，
從他身上獲取養分來豢養自己，
從來都不是自給自足。

試著去愛了，就是一種痊癒的方式

「是不是自己永遠都好不了了？」有好長一段時間，你都這樣懷疑著。每天反覆詢問自己，就像是一種儀式般神聖。

一心不能二用，受了傷就應該要好好養病，痊癒了，才能有力氣去愛人，並且好好對待。你甚至以為，懷抱著傷口去跟一個誰戀愛，都是對對方的一種不公平。因此你心無旁鶩，安分守己。可是，日子就這樣過著、過著，每次你以為傷似乎快好了，但只要一碰還是會瑟縮一下。只要有人出現了、給予愛的想望時，傷口就會又隱隱作痛，提醒你傷還沒好。然後，一直到今日，你發現自己傷還是好不了，一低頭就見它滲出血。

「還要多久？如果再也好不了，怎麼辦？」於是，你發出這樣的疑問句，帶著擔心。你求神卜卦、祝禱祈福，但始終不見好轉。你這才明白了，原來傷心沒有良藥，所以你才會這麼久都好不了，最終你只能自己替自己開藥方。也因此你更驚覺了，原來自己是用以前的傷口來否決掉自己未來愛人的能力，人會從過去累積出自己的能力，最終成為助力，但你卻把它拿來當作是停止的理由。這也就是為什麼只要新的人出現，越是靠近，你就越是遠離，因為你把所有關於愛的示意，都轉換成了一種受傷的模擬，所以再也好不了。

也就是那時你也懂了，其實自己恐懼的並不是前人留下的傷疤，而是害怕來人再加上新的，所以才逃避。你的療傷、你的需要時間撫平傷痛，包含最多的只是自己的膽小而已。

空轉了幾次之後，你終於能有新的理解，原來一個人不能冀望等著傷口好了才去戀愛，而是，因為去愛了，所以才慢慢痊癒了。因為去愛一個人時，會給予關於愛的信心，而這就是藥方。但這並不是說一個人需要靠另一個人來拯救，因為沒有誰真的可以拯救誰，白馬王子是你以前才相信的故事，而是愛本身有幫助人痊癒的能力。生命大多數的難關，別人都只能推你一把，但要真的可以跨過去還是要靠自己，在某次差點活不下去之後，你便懂了這件事，從此不再冀望別人的救贖。

也或許是，每個人終其一生都會懷抱著某些傷痕往下走，有些遺憾，想起來還是會覺得悲傷，可是它們都是人生的一部分。它們也都應該是人生的一部分才是。只是你與它們同行，找到最適切的距離跟隨著，不再危害自己的生存。

有些傷也可能無法真的完全痊癒，即使結痂了、長出新生的皮膚了，但每回想到時，心還是會被刺痛一下，但這不表示無法再往前走了。其實每個人都是帶著傷活了下來，並不是只有自己不被老天所眷顧，只要不過分去凝視自己的傷口，也就沒有怨天尤人的理由。

可是，這也並不是說要胡亂去愛人，更不是說要忽略自己的傷痛感受，而是去理解愛是兩面刃，並學習接受與共處，不再讓愛只是帶來負面的意義。不愛有不愛的理由，最怕的是想愛卻又愛不了的拉扯。就像是那些過去的經歷，你努力讓它過去，而不是一直重複在經歷著過去一樣。

當然，你偶爾還是會想起那些曾經，但終於不再覺得它們了不起。沒有誰的人生可以完美無缺，和諧就是一種適切。然後，不再把捨不得變成是一種對未來的惦記。

有些傷也可能無法真的完全痊癒，
即使結痂了、長出新生的皮膚了，
但每回想到時，心還是會被刺痛一下，
但這不表示無法再往前走了。
每個人都帶著傷活了下來。

堅強不是一句口號，
常常痛徹心扉；
過日子不是一天算一天，
往往是哭過一回又一回。

可是總會有好事發生。
而你會好起來。

國家圖書館出版品預行編目資料

當我想你時，全世界都救不了我 / 肆一著 .
-- 臺北市：三采文化，2019.02
面；　公分 . --（愛寫；27）

ISBN 978-957-658-122-9（平裝）

855　　　　107023837

suncolor 三采文化集團

愛寫 27

當我想你時，全世界都救不了我

作者｜肆一
副總編輯｜王曉雯　責任編輯｜徐敬雅
美術主編｜藍秀婷　封面設計｜藍秀婷　內頁排版｜徐美玲
行銷經理｜張育珊　行銷企劃｜呂佳玲

發行人｜張輝明　總編輯｜曾雅青　發行所｜三采文化股份有限公司
地址｜台北市內湖區瑞光路 513 巷 33 號 8 樓
傳訊｜TEL:8797-1234　FAX:8797-1688　網址｜www.suncolor.com.tw
郵政劃撥｜帳號：14319060　戶名：三采文化股份有限公司
初版發行｜2019 年 2 月 1 日　定價｜NT$340
4 刷｜2020 年 1 月 10 日

WHEN

I

MISS

YOU